熱情滾るCEOから一途に執愛されています
～大嫌いな御曹司が極上旦那様になりました～

砂川雨路

STARTS
スターツ出版株式会社

目次

熱情滾るCEOから一途に執愛されています
～大嫌いな御曹司が極上旦那様になりました～

特別書き下ろし番外編

熱情滾るCEOから一途に執愛されています
～大嫌いな御曹司が極上旦那様になりました～

プロローグ

『オリエンタルローズパレスホテル』は子どもの頃から父のお供で何度も来ている。エントランスホールの生け込みの依頼は季節ごとに来るし、イベントで花を生けることもあった。

父は院田流華道の家元。私と妹は娘として弟子として、父の用事について回ったものだ。

私自身は大学から研究職を志し、華道の道からは離れたけれど、父も母もまだ完全には納得していない様子。

そのせいだと思う。突然お見合いに駆り出されたのは。

大方、仕事を辞めさせる理由にしたいのだろう。お見合い相手はきっと両親にとって都合のいい相手だ。結婚して家庭に入ってほしいなんて言うタイプの男性に違いない。

「葵、どうしてコンタクトにしてこなかったの」

母が隣で尋ねてくる。面倒くさかったからだとは言えないので「今日は目の調子が悪くて」と答えておく。

なお、現在私はオリエンタルローズパレスホテル内の料亭にいる。隣には両親。名前にちなんだ葵柄に源氏車の振袖。長い黒髪を結い上げて化粧もばっちり。眼鏡はそのまま。

仲人さんはいない。相手方は遅刻中。

「お腹が空いた……」

ぼそりと呟いた声は母に聞こえていた。ふとももをぺんと軽く叩かれる。

「朝ごはん、たくさん食べたでしょう」

「うん。でもお腹は空くので」

「食事が出てきてもがっつかないでちょうだいね」

母に厳しく言われ、私は唇をきゅむっと噛みしめた。二十五歳にもなって、コンタクトに食事にと連続で母に叱られている。

そもそも私は最初からお見合いに乗り気ではない。

今時、釣書もなければ名前すらわからない相手と会うなんてあり得ないでしょう。

どうやら親は私がお見合いを嫌がるから、敢(あ)えて詳細の情報を隠しているようだけれど、情報がない方が胡散(うさん)くさくて嫌に決まっている。

昨日まで行きたくないとゴネてはみたが、お見合いをすることで院田流に大きな利益をもたらすのだろう。父の仕事もわかっているつもりだ。そういった繋がりに砂をかけるようなことはできない。会うだけ会って断ると言い張って、今この場にいるのだ。

この春に大学の修士課程を出て、希望のメーカー研究職についたばかり。悪いけれど仕事に邁進したい時期に、お見合いなんてしている場合ではないのよ。

料亭の和室から見えるホテルの庭園は五月の新緑に萌えている。

いい天気だ。こういう日は縁側で母校の研究室が出した昨年の論文集でも眺めたいところである。

（お腹空いた。このままお相手が来ないなら、帰って即着物を脱いで、たらこと鮭でおにぎり握って、熱いお茶と一緒にいただこう。それから縁側に寝そべって論文を読もう）

心の中でそう決める。

忙しい仕事だろうがなんだろうが、約束の時間に来られないなら私の優先度は低いに違いない。おそらく相手方も乗り気ではないのだろう。それなら、このお話は即破談。その方向でお願いしたい。

そのときだ。仲居さんが姿を現し、待ち人が来たことを告げる。どうやら、たらこと鮭のおにぎりはお預けらしい。おとなしく料亭の懐石でもいただこう。

しかし、和室に入ってきた〝待ち人〟を見て、私は食欲も何もかも吹っ飛んで固まってしまった。

「風尾(かざお)……成輔(せいすけ)……」

思わず相手の名前を呟くと、母が小さく「成輔さんでしょ」とたしなめ、私のふとももを再びぺんと叩く。

風尾成輔は私を見てにこっと微笑んだ。つややかな焦げ茶色の髪に、同じ色の瞳。眉目秀麗とは彼のためにある言葉ではというくらいの男ぶり。

「葵ちゃん、久しぶり。俺がお見合い相手で驚いた？」

私は言葉もなく、彼を凝視した。

驚いたに決まっている。

成輔がここにいるなんておかしい。

この男は、私の妹と結婚するはずなのだから。

1　突然のお見合い

目の前に座った極端に顔のいい男・風尾成輔。その顔を盗み見て、すぐに視線をそらした。

なんでよりにもよって風尾成輔がここにいるのだろう。

私は五つ年上の彼が苦手だ。子どもの頃からことあるたびに顔を合わせるが、彼のなれなれしい態度も腹の見えない笑顔も苦手。

ほんのついさっきまで私は、成輔と結婚するのは妹の百合(ゆり)だと思っていた。風尾家の嫡男(ちゃくなん)と院田家の家元を継ぐ女子が結婚。それが家同士で成された約束なのだと……。

（お父さんもお母さんも、まだ私に家元を継がせたいのかな。百合の方が適任だって、何年も言い続けてるのに）

私はぐるぐると考えた。成輔と結婚させて、私を院田流の次期家元にと考えていたのか。だから、相手不明のお見合いに連れ出したのか。

「院田先生、葵ちゃんに見合い相手がうちの息子だってことを言わなかったのかい」

成輔の隣でそう言うのは、彼の父で『風尾グループ』のトップである風尾成一社長。風尾グループは国内有数の大企業で、院田流華道のパトロンでもある。実際、院田流が庇護下にあったのは明治大正期までで、昭和期以降はビジネスパートナーとしての結びつきが強い。

「葵は昔から成輔くんが大好きだから、照れてツンツンしてしまうでしょう。今日も内緒にしていないと逃げ出してしまうかと思いましてね」

父はしれっとそんなことを言うが、私が成輔を大好きだと言ったことが、過去に一度でもあっただろうか。苦手だとは口にしてきたし、会食で会っても距離を取っていた。それが『照れてツンツン』に該当するのだとしたら、父の目は節穴どころの騒ぎではない。

父は母と結託して、私と成輔を結婚させたいのだ。そして、なんとしても院田流の跡目にしたいのだ。

長女の私が家業を捨て、農作物肥料メーカーの研究員をしているのが面白くないのだ。

百合の方が、私の何倍も才能があるというのに……。華道家として立派に父を支え、流派を盛り立てている可憐な妹の顔が浮かび、憤りに震えそうになる。

「葵ちゃんは京都の大学の修士課程を終えて、四月に就職したばかりでしょう。理系女子って格好いいね。しかも華道の家柄で、肥料メーカーだなんて面白い。着眼点が違うなあ」

風尾社長が言い、父がふうと息をつく。

「私としましては、ひとつ下の娘とふたりで院田流を盛り上げていってほしかったのですがね。家元は次女の百合が継ぐことになりそうです」

父の返事に私は憤りを霧散させた。

成輔と結婚させて、家元を継がせようって話じゃなかったの？　じゃあ、私がここに振袖姿でいる理由は何？

すると父が成輔を見た。

「成輔くん、本当に葵でいいですか。葵は自分の興味や探求心ばかりに貪欲な子です。いくつも会社を経営しているきみのような青年実業家を内助の功で支えられる娘ではありませんよ」

成輔は私の両親に向かって、好青年そのものといった笑顔を見せる。

「自立し、自分というものをしっかりと持っている葵ちゃんだからいいんです。昔から、僕が結婚したいと見つめてきたのは葵ちゃんですから」

そう言って、成輔は私を見た。愛のこもった眼差しは、おそらくこの場に相応しいもの。

私がこのパフォーマンスに合わせて頬でも染めて照れて見せれば、親たちは大喜び。あっという間に結納や結婚式の段取りにまで話が進むのだ。

「葵は異存ないわよねえ。成輔さんは初恋の人だもの」

母の余計なひと言に、心がざわざわする。確かに成輔を好きだと思ったことはあるけれど、それは小学生のときだ。そして、現在の私は成輔のことが苦手である。

「ええと」

風尾社長と両親が固唾を呑んで私の返答を待っている。

「今は……まだ結婚は……考えられないかな、と……」

「葵！」

母が厳しい声をあげた。あとでこの一瞬を母は後悔するだろうけれど、うちの母はまあまあ気が強い。

一方、そんな母とは違った方面で我の強い私はのらりくらりと答える。

「成輔さんが嫌なのではなく、ええと就職したばかりで結婚は考えられないというのが……普通の感覚かなと。晩婚化が進んでいるのは、女性のキャリア形成上仕方ないことですし、私もこれからもっと勉強を積み、業務に役立てていきたいと思っているわけで……」

なお、これらの理由は両親には何度も話している。結婚は今じゃないと。

今日この場に「顔だけ出してほしい」と連れてきたのは両親だ。しかも、相手が勝手知ったる成輔なら、私だって正直にお断りを口にするというもの。

「ぼそぼそぼそと失礼な言い訳を並べて、あなたって人は」

母が怒りでなんと言おうか迷っているのが、私と父にはわかった。そして、向かいに座る成輔もわかっているようだった。

「葵ちゃん、そういったことも含めて、少し外で話さないか？」

これから食事なのに？　まだお茶しか飲んでないのに？

……とはさすがに私も言えなかった。成輔なりに私たち親子の関係に気を遣っているのだろう。

「ハイ」

素直に頷き、私と成輔は連れ立って、料亭に隣接した日本庭園に出たのだった。

「どういうことかな、これ」

庭園を連れ立って歩く私たちはつかず離れず隣り合って進む。

なぜなら、私と成輔の姿は先ほどまで集っていた料亭の個室からよく見えるからだ。東屋（あずまや）や木の陰に隠れれば見えないだろうが、ずっと見られていると思って歩いた方がいいだろう。

「葵ちゃんは相変わらずマイペースだね。あの状況ではっきり断るとか、空気を読む気が一切ないのがいいよ」

成輔は明るく笑っている。身長が高いので、その横顔は私より二十センチくらい上にある。

「空気読んで結婚はしないからね、フツー」

「俺としては流されて結婚してくれるくらいが嬉しかったんだけど、葵ちゃんじゃそれは無理かなとは思ってた。ただ、うちの父も葵ちゃんのご両親もその気だからね」

私はむっつり黙って歩く。着物には慣れているが、万が一にでも振袖で転びたくはなかった。歩くのに集中。成輔は二の次。

風尾成輔は、風尾グループの嫡男。自身もアパレル関係の会社を三つ経営していて、風尾グループから独立したそれらのＣＥＯを務めている。三十歳という年齢を考えても、ただの御曹司ではなく才覚のある経営者なのだろう。

風尾家と院田家の蜜月関係。私と成輔は幼馴染というほど近しくはないが、子どもの頃からの顔見知りだ。

「成輔、本当に私と結婚するつもりなの？」

「そうだけど？」

成輔はとても自然に答える。

「俺は昔から、葵ちゃんが好きだって言ってるだろ」

確かに子どもの頃は可愛がってはくれたし、中高時代は可愛いだの大人になったら結婚しようなどと笑って口にしていた。でも、五つも年上のそんな軽口、信じるはずがない。

「院田流の家元と風尾グループの跡継ぎが結婚することに意味があるんじゃないの？」

私の問いに、成輔が首をすくめる。

「自由恋愛の時代にそれ？　たぶん、スタートは親同士の口約束でしょ」

「じゃあ、余計に私である理由がない」

「俺がきみのことを好きだから、お見合いを申し込んだ。これじゃ駄目かな？」

成輔はにっこり笑う。いつも思うが、綺麗な笑顔すぎて胡散くさい。

「ちなみに、お見合い相手が俺だっていうのをご両親が話さなかったのは、俺がお願いしたからだよ。俺が相手だったら、きみは走って逃げるだろ？」

それはそうかもしれない。しかし、両親まで巻き込んだ茶番だとしたら、いっそう腹が立つ。両親としては、やはり風尾家の縁は大事にしたいから、私をここに連れてきたのだろう。風尾家と縁付けば私が家元を継がなくてもいいという判断か。

「待って、院田家の娘がいいなら、百合がいるでしょ。私と百合を比べたら、絶対百合を選ぶ。普通の男性はそう！」

そこまで言って、私はぶんぶんと首を左右に振った。

「待った、今のなし。可愛い妹を成輔の毒牙にかけるわけにはいかない」

賢く交渉事が得意で、口ではかなわない。柔らかい対応なのに、いつも丸め込まれてしまう。成輔のそういうところは危険だと思っている。

「毒牙って、ひどい言い方だな。俺、そんなに悪い男じゃないと思うけど」

成輔は余裕たっぷりだ。どこまでも人を食ったような態度だから、嫌なんだけれど。

「でもまあ、そうか。院田先生は、風尾家との縁を大事にしているし、そのための婚姻という側面はないとは言えない。きみが断ったら、俺との縁談は百合ちゃんに行くかもね」

ほんのついさっきまで、私は百合と成輔がいずれ結婚するものだと思っていた。しかし、それは院田家と凪尾家で決められた大事な約束だと考えていたからであって、案外軽い親同士の約束ということなら話は別だ。

可愛い妹を胡散くさい男に渡す必要はない。

「両親を説得するから、大丈夫」

「院田流の未来を考えたら、百合ちゃんは俺との結婚に頷いちゃうかもなあ。妹に俺を押し付けて、自分は自由に生きるなんて、葵ちゃんにできる？」

「う……」

嫌な言い方をしてくる。成輔はさわやか好青年ではあるが、やり手の経営者であるのは間違いなく、理詰めでくると強い。

そうだ。いくら私より華道家として優れているからといって、家業を妹に押し付けてしまったのは私。さらに結婚相手まで……。

ハッと私は顔をあげた。

目の前にいるやり手経営者を利用すべきではないか？

「ねえ、自由恋愛の時代って言ったのは成輔だよね。私と成輔で、院田家と凪尾家の婚姻っていう計画自体をなくしてしまわない？」

親同士の約束なら、子どもが全員拒否することで終わりにできないだろうか。成輔なら、きっと上手に双方の親を説き伏せてくれる。

私はまだ結婚したくない。希望の仕事についた。働きたいし、研究もしたい。自分のことで手一杯の私が誰かの妻になんてなる余裕はない。子どもだって望まれても困る。

成輔は明るく笑い声をあげた。

「それは駄目だよ。俺は葵ちゃんが好きだからね。葵ちゃんが妻になってくれるためなら、なんでもする」

「なんでそうなるかな……。成輔、モテるでしょ。彼女はいないの?」

「ずっと葵ちゃん一筋」

「嘘つき」

私はぶすっと呟く。成輔は昔から私に対して常にこういう態度だが、絶対裏があるに違いない。

私は決して美人ではない。真っ黒な髪、平均より少し高い身長、眼鏡をかけた地味系理系女子。妹のような美貌(びぼう)も華道の才能もない。そんな私に好意を示してくるなんておかしい。

家元が私じゃないのは本日確定。この期に及んでまだ私を妻に望んでいるのはどうしたわけ？　成輔がなぜ私を選び、妻にしたいのかがさっぱりわからない。

「とりあえず、お互いの家のためにも〝前向きに交際してみる〟ってところで今日は納めない？」

私がいつまでもぶすっとした顔で無言なので、成輔が提案してきた。

「嫌だけど」

「即拒否しないでよ」

「新社会人の私は忙しいし、ＣＥＯの成輔も忙しい。忙しいふたりが時間を合わせて会うなんて無意味。交際が成立しない。今日、ここで破談にした方がいい」

つらつら言いながら先に立って歩くと、成輔が後ろで残念そうな声をあげる。

「じゃあ、百合ちゃんと結婚かな」

私はくるりと振り向いた。

「だから、百合を人質みたいに扱わないでくれるかな？　私の可愛い妹をさ」

「でも、さっきの口ぶりだと葵ちゃんは俺と百合ちゃんが結婚するもんだと思ってたんだろ。それなら、いいじゃないか」

成輔は笑いながら続ける。

「でも、傷つくな。何年も好きだって言い続けてきたのに、きみはちっとも信じてくれていなかったんだ。寂しいな」

　私は苛立ち、つかつかと成輔に歩み寄る。

「百合を人質にしただけじゃなく、あなたの気持ちを無視してきた件の賠償でもしろって言うの？　冗談じゃない」

「そこまで言ってないし、求めてない。交際って形にするのは、今日のお見合いをいい感じで締めるため。大人でしょ、わかるよね」

　風尾家と院田家。長く深い縁。

　成輔の笑顔に私は深いため息をついた。足元を見られている気がするが、ここでゴネ続けても埒（らち）が明かないとわかっている。おそらく成輔は引かない。

「わかった。前向きに交際をして、半年くらいで性格の不一致で別れる」

「そこまで決めて交際するんだ。さすが葵ちゃん、ブレないね」

　私の拒否なんか、成輔にとってはどうでもいいのだろうな。そんなことを思いつつ、私たちは庭園からホテルに戻る道を行くのだった。

　いい加減お腹が空いていた。

＊＊＊

成輔と私が初めて出会ったのは親同士の会食で、私は小学二年生、妹の百合は小学一年生だった。

院田流とは蜜月の風尾グループ。古い時代の院田流は、名門商家・風尾家に支えられ華道流派として大成したという。今でこそビジネスパートナーの関係だが、代々の当主は交流が深い。

中学一年生の成輔は、私から見たら素敵なお兄さんだった。焦げ茶色の髪も、涼やかな二重も、大人びていた。テレビで見る歌って踊るアイドルより格好いい。

会食やパーティーで会うたび、成輔は私と百合と遊んでくれた。兄ができたようで嬉しく、私も百合も成輔が大好きだった。

母の言う通り、私の初恋は成輔だったのだと思う。

とびきり優しくて、格好よくて、最高のお兄ちゃん。いつか彼のお嫁さんになれたら。そんな夢を見る程度に私も可愛い少女だった。

しかし、子ども時代の五つの年の差は大きかった。小学校四年生の頃、学校帰りに成輔が女の子とデートをしている姿を見た。

名門私立の中高一貫校に通う成輔は、同じ学校の女の子にモテていた。私が通う小学校が近かったのもよくなかった。仲良さそうに手を繋いで歩く成輔と女の子をしょっちゅう見かける。相手の女の子は定期的に変わった。今思えば中学生なんてそんなものだし、成輔ほど格好よければ、寄ってくる女子は絶えなかっただろう。

当時の私は十歳の小学生。さすがにショックは受けたが、早々に思った。

成輔とは釣り合わないのだ。考えてみれば、あんなに素敵なお兄さんが小学生を相手にするはずがない。最初からわかっていたではないか。

もう、馬鹿なことは考えないようにしよう。

恋愛を忘れ、華道の稽古に姉妹で励んだ中高の六年間。

母からは家元を継ぐように言われ続けてきた。『家元になって風尾家の成輔くんと結婚するのよ』ともよく言われたが、私の心は動かなかった。

そもそも家元とは院田流で一番の華道家。中学生になる頃から、私は百合との才能の差というものを感じ始めていた。どうやっても百合のようには生けられないと感じていた。

百合はすべてが繊細な少女だった。身体が極端に弱く、小学校に上がるまでは入退院の繰り返しだった。気性もおとなしく、ひたすらに優しい。

しかし、彼女の生ける花は独特のパワーを内包していた。隣で研鑽を積んできた私は、誰より先にそれに気づいた。妹はものが違う。

優劣をつけるものではないとして、自分が納得できるかどうかの意味合いで、私はこの先も妹にはかなわないだろう。

一方、私は私でやりたいことを見つけていた。花を生けることより、私は花そのものに興味があった。構造や育つ環境、寄ってくる虫。芽吹いて咲き、実り、枯れていく。植物の生命のサイクルは面白かった。さらにその花の生育を助け、長持ちさせる肥料や薬剤にも興味が湧いてきた。

高校では理系クラスを選択し、これらを研究できる大学へ進学をしたいと両親に相談した。家元は百合が相応しい、私は研究者になりたい、と。

父は百合の才能に気づいていたはずだ。それでも、長女の私が本当に院田流を辞めてしまうのは嫌だったようで、華道を続けることで大学進学を許可してもらった。京都の大学で六年間、私は学業と研究に打ち込むことができたのだ。

さて、話を成輔との関係に戻す。

私は家元にはならないと高校生のときには両親に伝えていた。思えば、成輔にもあの時点で言ってあった。

成輔は幼い頃から継続して我が家と交流があった。当時大学生だった彼は『そうなんだ』と明るく答えただけだった。

そういえば、あの頃からだ。成輔が私の前に姿を見せる頻度があがったのは。高校の門前まで私を迎えに来たり、食事に誘ってきたり。たまに私たちの稽古を見に来ることもあった。

私はそれらの大半を断っていたし、稽古時は無視を貫いた。

二十歳前後の成輔は目をみはるばかりの美貌の青年だったし、スタイルや服装もモデルのようだった。

華道の家元の娘という以外は何もない、地味な理系女子には釣り合わないことこの上ない。隣に並んでほしくないし、親しげにもされたくない。

どうせ、中学生の頃と変わらず女子には困っていないはず。家の繋がりだけで、構いに来るのはやめてほしかった。

何度かはっきりとやめてほしいと言った。

『でも、俺は葵ちゃんが好きだから』

成輔は昔と変わらぬ口調で言った。兄が妹に言うような親愛の声調で。

『それに、俺ときみはそのうち婚約するだろ。今から仲良くしておいた方がいい』

ああ、彼はまだ私が家元になると思っているのだな。

私は家元にはならないし、やりたいことがあると伝えた。でも彼は、私の話を適当に聞き流しているのだろう。その頃はそう思っていた。

いつか百合と婚約の運びになったとき、姉の私とデートしていた過去は邪魔になる。それに私自身、見た目ばかりがよくて、まったく腹の見えない成輔とは一緒にいたくなかった。

適正な距離を取り続けたここ十年ほど。

しかし、二十五になってこんな事態に陥るとは思わなかった。

初交際相手が成輔。結婚を前提に、ということなのだから頭が痛くなってしまう。

＊＊＊

私はお見合いから帰宅して、そのままお風呂に直行した。まだ夕方にもなっていなかったけれど疲れていた。足をのばして湯舟に浸かり、ふうと息をつく。

断る気満々で行ったお見合いで、まさかの成輔登場。そして交際。事態が大きく変わってしまった。

成輔は家元にならなくても私と結婚したがっている。

私が拒否すれば、成輔と結婚するのは百合。それを今になって私は申し訳なく思い、避けられるなら避けたいと思っている。

そして、成輔の好意の正体がわからない。

（交際……という体で会って、成輔の本音を聞き出そう）

何しろ、成輔にメリットが見えないのだ。院田流を使って、何か大きな新規事業でもしたいのだろうか。だから、私と結婚したいとか？

そんなことを考えていると、脱衣所から百合の声が聞こえた。

「お姉ちゃん、バスタオル置いておくよ」

「え？　私持ってきてなかったっけ？」

お風呂の戸を少しだけ開けて、百合が顔を出す。百合は長い柔らかな髪をひとつにまとめている。お稽古やイベント時は着物を着るが、今日は春物のワンピース姿だ。

今日も私の妹はとびきり可憐で可愛い。

「台所の椅子に置きっぱなしだったよ。お茶飲んだときじゃない？」

「ありがとー。助かった」

「お見合い、どうでしたかー？」

私の長風呂を察して、百合は待ちきれない様子で尋ねる。

「成輔さんと、だったんでしょう？」

「百合も知ってたの？」

私は驚いて湯舟から上半身を飛び上がらせた。百合がくすくす笑う。

「うん。成輔さんから事前に聞いてた。黙っててねって口止めもされてたよ。成輔さんは十年も前からお姉ちゃんが好きだったし念願のお見合いだったんじゃない？」

「意味がわからない」

「院田流と関係なく、お姉ちゃんと結婚したいんだよ」

百合は見てきたかのように言う。私が結婚を拒否したら、成輔は本当に百合と結婚するだろうか。成輔の結婚へのスタンスがわからない以上、確信が持てない。でも、あり得ないとは言い切れない。

そうなると百合は降ってわいた結婚話にさぞ困惑するだろう。

院田流の未来の家元である百合。父の仕事のサポートに、自身の作品作り。百合がお稽古の先生をすることもある。

百合の未来をあの何を考えているかわからない男に任せてたまるか。

「百合に苦労はさせらんないわ、お姉ちゃん」

「ん？　何、どういうことなの？」

「まあ、大丈夫。大丈夫よ」

「意味がわからないわ。結局、お見合いの結果は？　成輔さんとはどうなったの？」

首をかしげる百合に「前向き交際。半年後に交際解消」と返しつつ、私は思った。

成輔の真意を探ろう。

本当に院田家と縁を結びたいだけなのか。それとも他に理由があるのか。

どちらにしろ、交際という名目でしばらくは会わなければならないのだから。

「お姉ちゃん、どういうことか余計にわからない」

百合が不満げな声をあげた。

お見合いの翌日は月曜。私は通常出勤だ。『サンエア株式会社』は下北沢にある我が家から電車を乗り継いで約四十分。東京郊外にある農作物の肥料や薬剤を作っているメーカーである。大学の修士課程を出て、先月からこの会社に勤務している。

「院田さん、昼前には出るから準備よろしくね」

「はい、わかりました」

研究員といっても、毎日白衣を着て研究に打ち込んでいるわけではない。社内会議や上層部への説明会などがあれば、スーツ姿で仕事をする。今日もそうだが、共同研究をしている大学の研修室へ行くこともある。私の母校も、園芸植物の生育に関して共同で研究していているので、この先母校を訪れることもあるだろう。

新人の私は覚えることばかりで、まだ全然戦力にはなれない。先輩に任された資料作りや、プレゼンの手伝い。研究はチームで行っているが、一番下なので雑用ばかりだ。それでも毎日草花のことを考える日々は、私の望んだ生活だ。

先輩社員らと研究室から戻るともう定時を過ぎていた。

今日中に資料の整理だけしておかなければと思いながら、会社の門をくぐった、そのとき、視界の端に見覚えのある車を見つけた。会社の近くのコインパーキングに停まっている車だ。

「院田さん、どうかした？」

声をかけられ、立ち止まっていた私は慌てて先輩に駆け寄る。

「なんでもありません」

そう答えながら、あの車が成輔のものだと確信する。あのSUVタイプのドイツ車、間違いない。京都に住んでいた六年間、何度か成輔はあの車で私のもとへやってきているのだ。

オフィスに戻り、スマホを見ると、案の定成輔からのメッセージが来ている。

【外出先から直帰中。近くにいるから、ついでに送るよ】

【先に帰って。まだ仕事がある】と返すが、【俺も仕事をしながら待ってるから大丈夫】との返答。

相変わらず勝手に決めてしまう人だ。資料の整理は明日の朝一番にまわし、私は早々に退勤することにした。

門を出てコインパーキングへ向かうと、運転席で成輔が手を振っていた。

「葵ちゃんが帰ってきたところを見たんだ」

「私もあなたがここにいるのが見えた。なんでいるの」

「外出先から直帰だって言っただろう？」

「迎えは頼んでないし、昔からこういうのはやめてとお願いしてるでしょ」

「ついでついで」

ここで成輔とやりとりをしているのを、帰路の社員たちに見られたくないため、仕方なく助手席に乗り込む。成輔は清算をして車を発進させた。

「前も京都までわざわざ来てたよね。暇なの？」

「葵ちゃんに会いたいと思ったら行くよ」

嫌味を言っても暖簾に腕押しだ。私は車窓から外を眺めながら尋ねる。

「昨日の今日でなんのご用事？」

「俺から誘わないと、デートにならないかなと思って。今日はこの後、食事って考えてるんだけど」

「帰ります。今日の夕飯はお母さんが豚の角煮を作ってくれると言っていたので、絶対に家で食べる」

子どものようだとわかっていながら、成輔の前で大人ぶっても仕方ないので主張しておく。春から実家に戻ってきて、母や妹の手作りの食事が毎日の楽しみなのだ。

「そりゃ、タイミングが悪かったね。今日は諦めるよ」

成輔はあっさり引き下がる。

「交際って、たまに食事をする関係でいいんだよね」

「そう。それで距離を縮めて、関係を深めて、結婚」

結婚。その現実味のない言葉に私は運転席の成輔を見やった。

「ねえ、成輔。そろそろ、本音を聞かせて」

「本音?」

「成輔にとって、院田家はそんなに旨味のある存在じゃないでしょ。結婚で縁を結ぶなら、風尾グループにメリットのある家は他にたくさんある」

成輔はフロントガラスを見つめ、穏やかな表情のままだ。私の話を聞いているのかいないのかもわからない。なおも私は言う。

「風尾家と院田家とはこれからも家同士のお付き合いレベルで仲良くしていけばいいじゃない。風尾グループにお世話になってることも多いし、そのあたりは家元の百合が上手にお付き合いさせていただくから」

「葵ちゃんは？」

「院田流の華道家ではないけれど、院田家の人間ではあるから。引き続き、風尾グループの次期社長とは懇意にさせていただく……みたいな感じで」

そこまで言って、もう一度成輔を見る。

「それとも成輔の考えでは、院田家と縁を結んでおきたい事情が何かあるの？ 新規事業の計画とか……院田流の名前が必要だったりする？」

院田流華道を後ろ盾に新規事業があるなら、妻に院田家の娘をと望む理由もわからなくはない。しかしそれとて詳しく話を聞けば、経営協力で済むのではないだろうか。

「どちらにしろ、成輔が人生を費やす必要はないんじゃないかな。結婚って人生の一大事でしょ。まあ、私の価値観で言えばだけど……」

「俺も結婚は人生の一大事だと思ってるよ」

成輔がふふっと笑う。

「葵ちゃんは本当になんにもわかってないなあ」

「は？」

「好きでもない子のために休日使って京都まで行くと思う？」

成輔の横顔は穏やかでいつもどおり。それなのに、ちょっとぞくっとするような迫力があった。

「高校時代、理系クラスには女子が少ないって聞けば、牽制を兼ねて迎えに行った。きみが京都の大学に行くって言えば、行かないでなんて言えないから時間を作って会いに行った。今日だって、新しい職場で悪い虫がついたら大変だから迎えに行ったんだけど」

「待って待って。成輔、なんか怖い」

「怖いかな。でも、仕方ないよね。俺は葵ちゃんを本当に好きなんだから」

国道を走っていた成輔の車がコンビニに入る。スムーズに駐車をするので、コーヒーでも買いに行くのかと思った。すると、成輔が私に覆いかぶさるように近づいてきた。

え、と見上げたときには唇が重なっていた。

これって……私のファーストキス？

すぐに唇を離して、成輔は微笑んだ。

「人生の一大事の相手は恋で選ぶよ」

「成輔……」

「葵ちゃんが子どもの頃から、俺はきみが好き。誰よりもきみだけが好き」

私はぽかんと成輔を見つめた。頭の中が真っ白で、それ以外できない。

「コーヒー買ってくる。葵ちゃんも飲むよね」

私が返事できないでいる間に成輔は車を降りていった。私はよく働かない頭を必死に動かし、自らも車を降りた。成輔がコンビニの中にいる間に駐車場を出て、国道をずんずん歩き出す。スマホの地図アプリを手に横の道へ入り、一番近い駅に向かって進む。

「成輔が私を好き?」

歩きながら呟く。

「嘘でしょ」

確かにずっと好きだとは言われてきたけれど、彼の軽口だと思っていた。家同士の約束で結婚する相手だから、優しくしているのだろう、と。本心から好きだなんて、誰が想像できるだろう。

「私なんか、成輔が好きになる要素ゼロでしょう」

地味で格別に美人でもなくて、面白い話ができるわけでも、華道の才能にあふれているわけでもない。

自分の興味のないことにはとことん無関心だし、それを悪いとも思っていない。私は私のために生きていければいい。そんな女のどこがいいの？

「っていうか、勝手にキスするな‼」

うめきながら、拳を握る。恥ずかしさといたたまれなさが今更ながらぶわっと全身を襲うのだった。

スマホには成輔から【ごめん】と素直な謝罪メッセージが来ていたが、戻る気はない。

【ひとりで帰ります】とだけ返信し、目の前に見えてきた駅に向かってずんずん歩く。

たぶん、私はまだ赤い顔をしている。

2　この人と結婚？

成輔に対する気持ちはなんとも複雑だ。

幼い頃は純粋に好きだった。成輔は格好いいお兄ちゃんだったし、私と百合を妹のように可愛がってくれた。

だけど、成輔は私とは生きる世界が違うのだ。彼は輝く場所が似合うし、大勢の人を従える役職につく人。私は違う。家元にはなりたくないし、そんな才能もない。好きなことをじっくりひとりで見つめていきたいだけ。

生き方が違う。キャラクターが違う。

私と成輔は、全然違う。

小学生時代、成輔への憧れの気持ちを捨て、壁を立てた私。それからも成輔は変わらず私に接してきた。それがわずらわしくて、余計背中を向けた。成輔は気にせず、明るく私に近づいてきた。高校になって、自分の道が見えてくれば余計に彼を遠ざけた。

軽々しく、『可愛い』とか『会いたかった』などと言ってくる成輔。まともに取り合わなかったのは、これらすべてが成輔のお遊びで、ただの親愛の証だと思っていたから。

今更本気で好きだなどと言われても困るのだ。

朝、のろのろと出勤の準備をする。昨日のキスがまだ尾を引いていて頭が重くてだるい。

まさか、成輔が私に本気だなんて。

いや、成輔のことだ。昨日の態度すらポーズである可能性も……。何か目論見があるのだ、きっと。

同時に好きでもない女のためにわざわざ京都まで行くかと言った成輔のことが思い浮かぶ。そうなのだ。何か目論見があるにしても、なぜそんな手間暇をかけるのか。

素直に私のことが好きなのだと認め、理解すべきなのかもしれない。しかし、納得がいかない。

私は美人ではないし華やかではない。着飾ることにも自分を磨くことにも興味がない。

同じ院田家の娘なら百合を選ぶ男性がほとんどだろう。

百合は綺麗だ。顔は私と同じパーツなのに、目や鼻の配置の妙で美しい。しとやかで控えめなのはもともとの性格。我の強い私と違って、柔軟で穏やか。

そして、私にはない華道の才能にあふれていた。

私は百合を羨ましいとは思っていない。百合みたいになりたいとも思ったことがない。

ただ、華道という一点において、百合には到底かなわないと自覚し、彼女の才能を誰より尊敬している。

オンリーワンなのだ、百合は。

成輔のように才知にあふれた青年実業家は、そういった女性の方がいいのではなかろうか。

「お姉ちゃん」

洗面所で薄いメイクをしていると、その百合が呼びに来た。すっぴんなのに、やっぱり綺麗な百合。

「成輔さんがお迎えに来てるよ。会社まで送るって」

「ええ？」

頼んでいない。勘弁してほしい。

メイクだけ済ませて、仕度も中途半端なまま自宅の門内に駐車されてある成輔の車に向かう。

「おはよう、葵ちゃん。昨日はすまなかった。お詫びに迎えに来たよ」

「お詫びの意味知ってる？　逆効果って言葉知ってる？　ひとりで出勤できるのでお帰りくださいな。成輔ってそんなに暇なの？」

「葵ちゃんが思うより、時間のやりくりが上手ってだけだよ。ああ、昨日のことで驚かせたというより、怯えさせちゃったかな。それなら、俺はしばらく距離を置かないとね。紳士として、女性を怖がらせたなんて反省しないと」

「誰が怖がってたって？　成輔を怖いなんて思ったことはないけれど？」

怒りと苛立ちで口の端をひくつかせる私は、おそらく挑発にのってしまっている。しかし、ここで引き下がるのも腹が立つので、捨て台詞のように成輔に言い放った。

「五分待ってて。鞄をとってくる」

「もっと待てるよ」

「五分で充分」

素早く仕度を終え、車に戻る。成輔は満足そうだ。

「今日も可愛いな、葵ちゃん」

「褒め言葉は結構です。昨日の謝罪ももう結構だからね」

「ファーストキスだった？　葵ちゃん、今まで彼氏いたことなかったよね」

蒸し返すなという意味が伝わっていないようだ。私はいっそう頬をぴくぴくさせながら答える。

「成輔には関係ない」

「奪っちゃってごめん。まあ、夫婦になったら、全部全部俺のものになるからいいか」

「勝手に決めないで」

苛立ちがピークに差しかかりつつある私は、どうして助手席に乗ってしまったのかと昨日と同じ後悔を覚え始めていた。

「交際関係は了承したけれど、夫婦になるとは言ってないし、付きまといは勘弁して。私は基本、放っておいてほしい人間です」

「ほどよい距離を保った交際がお好みだ、と」

「交際もほどほどで解消します。結婚する気がないので」

「結婚したくない、か」

「家事は苦手。仕事はフルで続けたい。子どもが欲しいという願望もありません。結婚には到底向かないので」

私ができる家事は掃除と洗濯程度。それもひとり暮らしの最低限といった内容である。料理はお米を炊いて好きな具材でおにぎりを握ることくらいだ。それにインスタントのみそ汁をつければ、一食になる。その程度で暮らしてきた。

そして、研究室にこもりきりになれば、掃除も食事もおろそかになるような日々でも平気なのだ。家庭の主婦には向かない。

「そんな葵ちゃんだから、結婚をお勧めしたいけどね」

成輔は数々の断り文句をさらっとスルーして言う。

「まず、俺は家事が超得意」

「ええ？　そうなの？」

「知らなかったでしょ。葵ちゃんに会いに行くときは、毎回ケーキでも焼いていこうか悩んだくらい」

どこまで本当かわからないが、成輔はさらに言う。

「仕事を頑張りたいっていう葵ちゃんの希望ももちろん叶えるよ。ご実家にいるよりは息苦しくないんじゃないかなあ」

確かに院田家にいると両親は色々プレッシャーをかけてくるだろう。私は華道家ではないと言っても、時間があればお稽古に参加させられる。両親は私が仕事を辞め、院田流のひとりとして活動していくのを喜ぶだろう。

「それに葵ちゃんが子どもを欲しくないっていうのは、育児への不安や仕事に復帰できるかの問題が大きいんだろ。葵ちゃんが小さいお弟子さんの面倒をよく見てたの、俺は知ってる。子どもが嫌いってわけじゃないよね」

「それは、まあそうだけど」

「伊達に経営者じゃないんで、率先して産休育休を取る。育児は葵ちゃんと半分にできるよう努力する。きみが忙しいときは、俺が。俺が忙しいときは、きみが。ふたりともどうにもならないときは、両親や信頼するシッターを頼もう。きみのキャリアの中断が最小限で済むように、俺が協力する」

私は黙った。ものすごくいい条件を並べられている気がする。

「不安なら、これらの条項をまとめた契約書を作るよ」

「あの、なんでそこまで」

「好きな子と生涯一緒にいられるなら、大抵のことは頑張れるだろ」

けろっとした顔で言ってのける成輔に私はうーんと唸ってしまった。

「私みたいな女を好きってあたりが一番信用できない」

「自己評価低いな」

「容姿、性格。私を選ぶ利点がない。私が男なら私は選ばない」

「利点で相手は選ばないんだよ。あ、葵ちゃんは利点で選んでくれていい。俺は最適でしょ」

成輔は、ははっと軽く笑った。

「いつか俺の片想いの歴史を語ってあげるね。ひと晩かけて」

「長い長い」

「そんなわけで利点しかない男ですよ。葵ちゃんの生活を保障するから、お嫁においで」

余裕たっぷりの成輔がなんだか憎らしく思えてきた。

そこから私の会社までは今までと変わらない世間話で終わった。もう迎えには来なくていいと言い含めて、私は車を降りたのだった。

「院田、おはよう」

会社の門のところで、同期の今谷（いまたに）と会った。彼は研究職ではなく営業職として入社している。大学時代は野球部だったそうで、見るからにスポーツマン然とした体格と話し方をする。私が院卒なので、ふたつ年下だ。

「おはよう」

「さっき、車で下ろしてもらってたよな」

だから会社の近くは嫌なのだ。私は無表情のまま「家族」と答える。

今谷は疑うこともなくへぇと頷く。

「院田の家って、華道の家元なんだろ。すごいお嬢様じゃん。使用人とかいるの？　お抱え運転手とか」

「ううん、普通。たまにお手伝いさんは来るけど、運転手はいない。華道関連はお弟子さんが手伝ってくれるかな。家は平屋の和風建築で、お稽古で使うから和室や庭園があるってくらい」

「お嬢様じゃん」

言われてみれば、一般家庭とは違うかもしれない。私はあまり細かく考えてこなかったけれど。

「まあ、お嬢様っぽくない院田が親しみやすくていいんだけどな」

「それはどうも」

そう答えて、会社のエントランスに入っていった。お嬢様っぽくないのは自覚があるし、それでいいのだけれど、私ってあまり親しみやすくもないよなあなどと考えながら。

会社からの帰り道は上り電車なので比較的空いている。座席に腰かけ、私は考えていた。

朝、成輔から言われた結婚のメリットの数々。

仕事を誰にも文句言われず続けられる。これは大きなメリットだ。やっと望みの研究職につけたのだ。実家にいれば、両親は華道家としての勤めを求めるだろう。百合が家元になるなら、近くで支えてほしいと願っているに違いない。

院田流を愛していないわけじゃない。華道は生活に根差したものだったし、思い入れもある。だけど、私が選んだ道はもう違うのだ。

成輔はおそらくその点については理解してくれている。

院田流の娘ではなく、私と結婚したいと言っているのだから。

さらに家事全般が得意と言っていた。これはすごい。私は最低限しかできないし、料理はセンスがないようでレシピを見てもイマイチ美味しく作れない。ひとり暮らしのときは、自分が作る料理が口に合わなすぎて、おにぎり以外はほとんど学食や栄養補助食品で済ませていたくらいだ。食べるのは好きなくせに、だいぶ食への意識が低い。

「ケーキが焼けるって本当かな」

思わずぼそりと呟く。百合や母が焼いてくれる焼き菓子は甘党の私の癒しだ。同じくらい美味しい焼き菓子を提供してくれるなら、結婚も悪くない。

(待て待て。百パーセントの打算になってる)

結婚とはそういうものではないはずだ。恋愛経験がゼロで、結婚に興味すらない私だってわかる。

結婚には愛が必要。いや、それは恋愛でなくてもいい。親愛だって、敬愛だっていい。とにかく相手を尊重し、互いに認め合ってうまくやっていける関係が築けるかが重要。

(私は、成輔を苦手な人としか思ってない……)

距離をおいても近づいてくるし、笑顔の裏で何を考えているかわからないし、いきなりキスしてくるし……。

(でも、妊娠出産についても一緒に考えてくれそうだったな。跡継ぎを作れって急かすわけでもなさそうだった)

出産や育児についての考え方は、結婚においてすり合わせが必要な部分に違いない。そして、今朝の話では成輔は私の思いを見抜いた上で、尊重しようとしてくれている。

(すぐじゃないけど、私も赤ちゃんを産んでみたいって気持ちはあるし……。仕事復

帰を支えてくれるっていうなら、メリットはありすぎるくらい)

ここまで考えれば、成輔はかなり高得点な夫候補だ。

(でも、待って。結婚して子どもってことは、成輔とキス以上のことをしなければならないわけで)

頬が赤くなりそうで、眼鏡をかけ直す振りをして顔を伏せる。

成輔とそういう関係になる。それが結婚。

昨日のキスだって、動揺で逃げ出したくらいだ。それ以上のことなんて想像もできない。ドラマや映画で見るぼんやりした世界しか知識がないくらいなのに。

(やっぱり多少は好意がないと厳しいんじゃないかな)

世の中のお見合いカップルはこれらを乗り越えて結婚しているのかと思うと改めて感心する。いや、私がなまじっか成輔と知り合いというせいで混乱が生まれているのは間違いない。

そうこうしているうちに電車が最寄り駅に到着した。改札を抜けたところで、少し前を歩く見慣れた後ろ姿を見つけた。

「百合」

髪を結い上げ、訪問着姿の妹がくるりと振り返る。その仕草ひとつがもう綺麗だ。

「お姉ちゃん」

百合は名前通り百合の花のようなイメージ。清楚なのに華やか。賑やかで若者が多い地元の街なのに、百合のいる場所だけ少し空気が違って見える。

「お仕事、お疲れ様。夕飯は八宝菜だって、お母さんが言ってたよ」

「八宝菜好き。百合はお父さんのお使い？」

「そう、花器の進捗をうかがいに岩水先生のところへ」

花を生ける花器は様々なものを使うが、岩水先生は祖父の代から懇意にしている陶芸家の先生だ。気難しい老人で、気に入った人としか話さない。現在、院田流で一番好かれているのが百合なのだ。

「岩水先生の新作、どうせまだ手付かずなんでしょ。完成図が浮かばないって？」

「そうなの。でも、岩千先生と三人で柏餅を食べたらご機嫌がよくなったみたい。今夜から取りかかるって言ってた。めどが立ったら岩千先生から連絡が来るの。お父さんのお使いが果たせてよかったわ」

岩千先生とは岩水先生のお弟子さん。三十代の男性で、気難しい先生の秘書役でもある。

「百合は人たらしだから、心配してないよ」

家までの徒歩十分を並んで歩く。世田谷区にある我が家は、高級住宅地と呼ばれる地域に大きな平屋を持っているのだから、華道家としては成功している。今谷の言う通り私もお嬢様ではあるのかもしれない。

五月の日は長くなっていて、夕暮のオレンジ色が街を包む。この季節にしては気温が高い。

私はジャケットを脱いで、腕にかけた。

「成輔さん、迎えには来なかったの？」

「送り迎えする暇があったら、仕事しろって感じよ」

「その言葉、奥さんっぽいね、お姉ちゃん」

私はちらりと百合を見る。

「百合、私、成輔と結婚すべきかな」

百合が私の方を向いた。私より五センチほど下にある目がじっと私を見据える。

「それは妹が意見することじゃないでしょ」

「ごもっとも」

「成輔さんがお姉ちゃんを好きなのは知ってるけど、お姉ちゃんは？　成輔さんのことは好きになれない？」

ストレートな質問に、うーん、と唸ってしまう。

「苦手、ではある。人間的に合わない」

「ふむふむ」

「でも、結婚相手としてメリットをばば〜っとあげられたのよ。そうしたら、条件だけなら悪い相手じゃない気もしてきてる。お父さんとお母さんは、風尾グループとの繋がりのためにも、私と成輔の結婚を望んでいると思うし」

そのまま私は成輔から提示されたメリットをつらつらと口にする。百合はそれをじっと聞いていた。

「でも、打算で結婚するのって、成輔に悪いような気がするんだよ。ほら御曹司だし、いくつもの会社のＣＥＯやってる実業家だし、顔もすこぶるいいし。私みたいな地味ブスが打算で捕まえていい相手じゃないよなあって……」

「あのね、お姉ちゃん。そもそもの話なんだけどお姉ちゃんは地味でもブスでもありません」

百合は呆れた顔で言う。私は眉をひそめて笑う。

「どこからどうみても地味ダサブスの眼鏡ですわよ。同じ姉妹なのに、百合は楚々とした美人で、……そこはめちゃくちゃ自慢なんだけど、私は違うなあって」

「私から見たらお姉ちゃんの方が凛としていて綺麗です。私より黒が濃いストレートの髪もつんと高い鼻も、目の形もシャープで綺麗だし、シンプルな眼鏡が似合うって美人の証拠だからね」

途端に熱弁をふるい出す妹に、私は少々驚く。

「背だって百六十五センチはあるでしょ。私は百五十九センチだよ。手足も長くて羨ましいし、パンツスーツがすごく似合う。何より頭がいいのが格好いい。お姉ちゃんが秀才リケジョなの、私高校時代からずっと自慢だったんだから」

でも、私には百合のような圧倒的な華道の才能はなかったよ。そう言おうと思ってやめた。火に油を注ぎそうな気がしたのだ。

私も割と強火の妹推しだけど、妹もまあまあシスコン気味なのだとこういうときによくわかる。

「つまり、お姉ちゃんが自分を卑下しても説得力はゼロです。成輔さんがそんなお姉ちゃんをずっと好きなのは、私としても納得。お目が高い。百点」

おっとりしているのに、こういうときだけ早口の妹は、言いきってふうと息をついた。

「お姉ちゃんだって、成輔さんのことが好きだったことがあるんだし、今の〝苦手〟

の思い込みに左右されない方がいいんじゃないかしら」

「成輔を好きだったのなんて、小学生のときでしょ。それこそ子どもの思い込みよ」

百合がふふっと笑った。

「お姉ちゃん、それこそ忘れてるんだわ。小学生のとき、お姉ちゃんしょんぼりして帰ってきたことがあったの」

「え？　なんの話？」

「私がどうしたの？って聞いたら、ぽろぽろ涙を流して『成輔に彼女がいた』って。『成輔のお嫁さんになりたかったのに』って泣いたんだよ」

私はぶわっと変な汗が湧いてくるのを感じた。私がそんなことを言ったの？

「う、嘘！」

全然覚えていない。私の記憶では、成輔が女子と親しげに歩いていたところで止まっている。そこで初恋に冷めたのだ、と。

「私は覚えてまーす。小さい頃からつけてる日記を見せましょうか？」

「いい！　遠慮します！」

私は記憶力がよくマメな妹におののきながら、なおも言う。

「でも、本当に子どもの頃の話だから。私、もう二十五よ。同じ気持ちではいられない」

「ちなみに成輔さんは、その日からお姉ちゃんに距離を取られてかなりショックな顔をしていたわよ」

私は必死に思い出す。確かに成輔が女子と交際しているのだと思った私は、露骨に彼を避けた。

成輔がそれによって、どんな反応をしていたか、私はまるで覚えていないのだ。そのことに、今更ながら鈍痛のような胸の苦しさを覚えた。

「成輔さんはあの頃からお姉ちゃんを想っていたのかな」

百合が言い、私は黙った。

打算だ、思い違いだ。そんなことを言っている自分は、まず成輔に向かい合っていない。

私に拒絶された成輔がどんな表情をしていたかすら覚えていないなんて、相手に興味がなさすぎだ。敬意を持って、尊重してこなかった証拠だ。

そんな私に、成輔は結婚を申し込んでいる。

このまま、なあなあにするの？　彼の気持ちを聞かなかったことにして、拒絶するの？

私はきっと、また成輔がどんな表情で私を見ていたかを忘れてしまう。

「百合。八宝菜なんだけどさ」

「うん、お姉ちゃんの分、取っておこうか」

こんな会話もツーカーでできる妹の存在をありがたく思いながら、私は顔をあげた。

「ちょっと成輔と話してくるわ」

「わかったよ」

「成輔の顔見て、結婚の話してくる」

私は踵を返し、駅に向かってもと来た道を戻り出した。


成輔の居場所はどこだろう。

これから会いに行くとメッセージを送ると間を置かずに返事が来た。

【仕事が終わったら、俺が葵ちゃんの家に行くよ】

そうではないのだ。こちらから出向かなければならないのだ。

少なくとも私は、今まで自分から成輔に会いに行ったことがない。

【私が会いに行きたいので伺います。どちらへ行けばいいですか】

返事はアプリにすぐに来た。

それから、成輔の持っている会社のひとつを指示された。明治神宮前駅で降り、表参道にあるアウトドアブランドの本社に向かった。なお、成輔はアパレル系の会社をいくつか持っているが、彼が立ち上げたのはこの会社で、他のブランドは買収によって手に入れたものだ。風尾グループは大企業で、百貨店やショッピングセンターの経営に関わっているため、自社グループ化した服飾やサービスの企業をいくつも持っている。成輔がＣＥＯを務める会社は風尾グループからは独立していて、すべて成輔の持ち物だ。

（できる男は違うわ。三十歳にしてこれだもの）

表参道という好立地に本社と旗艦店を持っているだけでわかることだが、エントランスは広々としていて、通された応接室はホテルのような綺麗さだった。

成輔の秘書だろうか。男性がお茶を運んできてくれた。

「お待たせ、葵ちゃん」

成輔が姿を現したのは一時間ほど経った頃だ。

「急に来てごめんなさい」

成輔は私の向かいのひとりがけのソファに腰を下ろす。

「いやいや、葵ちゃんから来てくれるなんて嬉しいよ。初めてじゃない？」

そうだ。自分から成輔のもとにやってくるのは初めて。

「大きな会社だね。頭ではわかってたんだけど、来てみて驚いた」

「葵ちゃん、俺の仕事に全然興味なかったからね。驚いてくれた？　俺、まあまあ将来性があるよね」

いたずらっぽく言う成輔のペースに巻き込まれないように、私は背筋を伸ばし、彼をまっすぐ見据えた。

「成輔」

「はい」

「交際を始めて二日。今朝プロポーズをされたわけですが」

「ああ、プロポーズって伝わってた。よかった。葵ちゃん、興味ないことスルーだから」

茶化してくる成輔に反論できない。確かに興味のないことはスルーしがちな私である。しかしここでひるむわけにはいかない。挑むように成輔を見つめた。

「結婚、いい条件に思えました」

成輔はぱっと表情を明るくする。それを遮るように、続ける。

「ただ、打算で結婚するのはよくないと考えてます。私は気づかなかったけれど、成輔は……本気で……私のことを好いていてくれたようだし……」

語尾が小さくなるのは恥ずかしかったからだ。私のこと好きだったんでしょうと高飛車になれるほど自分に自信もない。まだ、どこかで何かの間違いではないかとさえ思っている。

「葵ちゃんは打算で結婚してくれていいって。俺がきみを好きだからいいんだよ」

「それはよくない！……気がする。あなたの誠意に、報いられるか考えないといけない」

成輔があははと笑い出した。

「俺が勝手に好きだったんだってば。その気持ちに対してご褒美をあげなきゃって思う必要はないよ。葵ちゃんらしくない非合理的思考だね」

「ある意味合理的な判断。院田家と風尾家の友好継続のためには。私たちが無駄に不仲になるのはいいことではない」

「それで、俺を愛せるか考えてくれるの？　真面目だねえ」

「愛せる……かもしれない」

私の言葉に成輔の表情がわずかに変わった。それは今までとは一転、緊張感をはらんだものだった。

「成輔は私の初恋の相手で、……私は忘れていたけど、百合が言うには成輔に失恋したときにだいぶ泣いていたらしい」

「待って。俺、一度も葵ちゃんを振ってない」

「話の腰を折らないでよ。ほら、中学生くらいの成輔は彼女が絶えない感じだったじゃない。まあよく見かけましたわ、成輔と女子」

成輔は「あ〜」と頷く。

「そういうのに興味がある時期だからね。でも、それこそいっときの感情で、自然消滅しちゃうくらいの付き合いだったよ」

「そうかもしれないけど、それをきっかけに私は成輔に距離をとるようになったんだよ。失恋したって思って」

「そうか。あの頃、葵ちゃんは俺に本気だったのか。小学生だった葵ちゃん、そっか、あの頃に婚約しちゃえば俺の勝ち確だったわけか」

しみじみ言う成輔は三十代の男子なので、小学生の私を思い出す姿は少々気持ちが悪い。この男のこういうところが苦手なのだけれど。

「ともかく、長らくあなたの気持ちを信じずに拒絶的な態度を取ってきたのはよくなかったなと考えている。子ども時代とはいえ、失恋で泣くほど好きだった人だし、結婚したら徐々にその……愛せるのではないか、と」

向かいの席から成輔が腕を伸ばしてきて、私の両手をがしっとつかむ。真剣な眼差しだ。

「うん。そうに違いないね」

気の早い成輔の腕をばっとふりほどく。

「ま、待って。愛といっても種類がある。恋愛にすることはないし、親愛？　家族愛的な意味合いで成輔とうまくやっていける未来があるのではないかと」

長年、私を想ってくれていた成輔。打算ではなくプロポーズに応えるなら、私も差し出せるものを差し出すべきだ。それが私の親愛。

成輔は納得していないようだったが、私に振り払われた手を胸の前で組み、まるで交渉事のテーブルにでもついているかのように余裕を持って私を見据える。

「つまり、プロポーズはＯＫととっていいのかな？」

成輔の問いに私はおずおずと頷いた。

「嬉しい」

成輔がふっと微笑んだ。その表情はとても優美で、こういうときに彼の育ちのよさと顔のよさがいかんなく発揮されると感じた。

「葵ちゃん、きみは対等な気持ちで俺と結婚してくれるんだね。それなら、俺は俺にできる最大限できみを守り、幸せにするよ」

「ほ、ほどほどでお願いします。私はいつも自分でいっぱいいっぱいだから、あなたに時間をかけられるか、労力をかけられるかわからない。気持ちだって、あなたほどは……」

「いいんだよ」

成輔が立ち上がり、私の隣に座る。どきりとしたけれど、プロポーズを受けたのは私だ。

「毎日、たっぷりきみを愛するよ。そうしているうちに葵ちゃんは俺に愛されるのが普通になって、俺がいないと物足りなくなる」

「それはどうかな。そんなに甘えん坊でもないですし」

「いいや、そうなるよ」

そう言って、成輔は私の耳元に唇を寄せた。

「葵」

初めて名前を呼び捨てにされた。それが妻としての呼び方なのだとぞくりとした。

私はソファをずり下がり、成輔と距離を取る。頬が熱い。

「じょ、条件は契約書でまとめましょう。あなたの提案通り」

「いいよ。仕事について、家事について、子どもについて？」

「あと、正式に結婚する時期も。新入社員だからすぐに苗字が変わるのは避けたい」

それに、成輔を大事な人として愛せるようになってから家族になりたい。私にとっての精神的な区切りにもしたいのだ。

「わかった。でも、同居はしてくれるんだろ？　夫婦として」

「うん」

「すぐに新居を探すよ。一緒に探そうか」

「お、ＯＫ」

大変な決断をしてしまったと思っている。結婚なんて無縁だと思っていた私が、苦手な男と婚約なんて。たった数日で大どんでん返しだ。

「葵」

成輔が私を呼ぶ。その響きは今までにないくらい甘い。もうすでに愛がたっぷり込められている。

「何」

「抱きしめてもいい？」

「嫌」

「夫婦なのに？」

笑顔で言われると拒否できない。私はうーと唸り、自ら腕を広げた。ＯＫの意味だ。

成輔がそっと私を抱き寄せてくる。

「葵の初めては全部俺のものだね」

「言い方が気持ち悪い」

「好きだよ。愛してる。……明日には院田先生たちにご挨拶に行くから、一日でも早く一緒に住もう」

私を抱きしめる腕は優しいのに、言葉にはめちゃくちゃに強い執着（しゅうちゃく）を感じる。

（もしかして、ヤバい相手と結ばれてしまったのでは）

今更ながらそんなことを思った。

3　ふたりで暮らそう

松濤（しょうとう）のマンションは三階建てだった。景観重視のためなのか高層マンションはなく、このあたりのマンションはだいたいこのくらいの大きさだ。しかし、戸建てもマンションも広々とした敷地におしゃれな外観や造りで高級住宅地らしい。実家の院田家のあたりとも、少し雰囲気が違う。

「築浅だし、綺麗なんじゃないかな」

内見をしながら、成輔は満足そうに部屋を見渡している。

広いリビングの他に三部屋、納戸もウォークインクローゼットもある。京都でひとり暮らし経験のある私から見ても、都内のこの立地でこの規模のマンションが相当な価格だろうことは想像がついた。

「ここなら、お互いの実家も近いし、職場も通いやすいね」

私は駅としてはいくつか遠くなるけれど、通勤はひどくは混まないし、実家の沿線だ。

成輔も車でも電車でも通いやすい立地だろう。

「もうちょっと狭くて安くて地味でいいよ」

私はぼそぼそと言う。分譲でこんないいマンションを買って、すぐに結婚生活が破綻したらもったいなさすぎる。

「広い方が葵のためだと思うな」

「なんで」

「狭いとずっと俺がべったりくっついていることになるよ。自分のスペースが欲しい方でしょ」

それはそうかもしれないけれど、ここまで広くなくてもいい。

「よし、じゃあ葵が気に入る部屋をもう少し探そう。閑静な場所をと思ったけれど、もう少し便利な場所がいい？　六本木とか華やかな場所の方がいいかな」

駄目だ。おそらく成輔が次に持ってくる物件はここと同ランクかそれより上の都心ど真ん中のタワマンといったところだろう。

自分で会社を運営している人間は金銭感覚が違う。さらに私が気に入るようにと、もっと贅を尽くした部屋を紹介してきかねない。

「わかった。ここがいい。静かな地域は賛成」

「よかったよ。子育てにもいい地域だと思ってね」

「子どもは」

「要相談だったね。ごめん。聞き流して」

成輔は余裕の笑顔だ。包容力は間違いなくある。

私たちは一年後に結婚という約束で同居することとなった。双方の親に挨拶をし、新居を決めて引っ越しとなる。結納などは私がしなくていいと断った。

うちの両親は大喜び、成輔のお父さんも喜んでくれた。成輔のお母さんは離婚し、彼が幼い頃に家を出ている。今も交流があるのか私にはわからない。

「じゃあ、ここで契約しよう。引き渡しはすぐにでもできるそうだから、家具が入り次第、俺は引っ越すよ」

「はや」

成輔のスピーディーな行動に思わず呟いてしまった。どんどん後戻りできなくなっていくのが不安。いや、結婚に了承したのは私だ。今更文句は言うまい。

「葵も早く引っ越してほしいな」

「待って。家具、私も見に行きたいから、そんなに急がないで」

「あ、そうだよね。家具だって、一緒に決めたいよな。気が利かなくてごめん」

正直に言えば家具にこだわりなんかない。成輔が用意してくれるという当初の話に乗って、丸投げでも問題ない。しかし、成輔主導で超スピードに決まっていく新生活に焦りを覚え始めていた。時間稼ぎをしたいほどに。

「葵がふたりの暮らしに意欲的で嬉しいな」

「意欲的というか、責任があるので参加しますというだけで」

「それでも嬉しいよ。明日はどうかな」

成輔は私がプロポーズに応じてからずっとご機嫌だ。会うたび、愛情たっぷりの眼差しと言葉を浴びせかけてくる。

以前は適当にあしらっていたそれらの言葉が、重みのあるものだと痛感してしまった私は、もう無下にもできないわけで。

結局、翌日の日曜には家具を見に行くことになり、あらかたの手配はその日に済んでしまった。家電など、注文から搬入まで時間がかかるかと思われたものも、成輔の手配ですべて一週間足らずで入ることになった。強いて言うなら、寝室とベッドを別々にする交渉がここでできただけよかったかもしれない。成輔に任せていたら、私はキングサイズのベッドで成輔と寝起きするはめになっていたのだから。

「次の月曜には引っ越すよ。葵は都合のいい日においで」

結局同居までの期日を引き延ばすこともできず、私はマンションを決めてから二週間後の土曜に引っ越しとなった。

引っ越しは初夏の土曜。荷物の搬入を見守るだけで汗だくだ。

三月に京都から東京に戻ってきたばかりなので、実家で封を開ける前に運び込んだ段ボールもあるくらい。それでも、荷解きは午後いっぱいでは終わらず、夕食は母と妹が持たせてくれた赤飯と里芋の煮物、インスタントの味噌汁になった。初めてのふたりきりの夕食は実家の味。

「さて、今日から同居になりますが」

食後、お茶を淹れてくれた成輔に、私は早速提案する。

「同居に対する決め事をまとめましょう」

「はい、これだね」

成輔はタブレット端末を取り出し、さっと私に渡す。画面には書面が表示されていた。

「同じものを葵のメールにも送ってあるよ」

私はそれらに目を通す。

・清掃、洗濯、ゴミ出しなど家事全般は成輔が担当
・朝夕の食事、おやつ作りは成輔が担当
・各自の私室には勝手に立ち入らない（清掃は各自で）
・夕食を自宅で食べないときは連絡を入れる
・帰宅が極端に遅くなるときは連絡を入れる
・生活費は成輔が出す

「待って。生活費の項目」

私は指さして言う。

「フェアじゃない。お互い決められた金額を出して、そこから水光熱費や通信費、マンションの管理費なんかを出そう。食費も」

「いいよ、俺が出すよ」

「駄目。このマンションも家具も成輔が出したんだから、生活費くらいは同じ金額を出したい」

「社会人一年目のきみよりは俺の方がお金があるから出しただけだよ。気にしなくていいのに」

まったくたいしたことじゃないようで、成輔は私の主張など気にも留めない。

「葵が一緒にいてくれるだけで俺はいくらでも出せるよ」

「悪い女に騙されるタイプだ」

「葵は悪い女じゃないし、葵以外になびく予定もないから大丈夫」

駄目だ。話にならない。ともかくこちらも譲らず、生活費だけは折半を約束させた。

「あとは、子どもの件ですが」

「ああ、それも条項に入れないとね。子作りは互いの合意の上で」

「そう、それ」

子作りという直接的な言葉に、一瞬詰まりそうになったが、どうにか返事する。

すると成輔が頬杖をついた格好でにこっと微笑んだ。

「これは俺からも質問しておきたいんだけど」

「何」

「葵は、俺とセックスはしたくない？」

直接的すぎる言葉に、私は今度こそ言葉を失った。

「俺は葵を愛しているから、セックスしたいよ。今夜にだってしたい」

「変態……」

「変態じゃなくて普通の欲求でしょう。でも、葵はそうじゃないって理解してる。『愛せるかも』っていう可能性で俺を選んでくれたんだもんね。だから、俺からはアクションは起こさない」

何もしませんというように、成輔は顔の横に両手をあげてひらひらさせて見せる。

「葵が俺に愛情を感じたら、もしくは子どもだけでも作ろうって気持ちになったら。葵から俺にOKを出して。それまで俺は葵を抱きません」

なんと答えたものかわからない。いまだ成輔とそういったことを考えられないけれど、夫婦として暮らす以上、一般的には身体の関係も結ぶものなのだ。

成輔はそれを私のために待つと言ってくれている。

「もしも……私が一生、成輔を同居人以上に見られないとなったら？」

「それは仕方ないよね。俺は一生よき同居人でいるよ。きみといられるだけで幸せだからね」

そんな聖人君子みたいなことを本気で言っているのだろうか。こういうとき、成輔の笑顔はあまりに善良すぎて、まったく信用がおけない。

すると、成輔は突然にやっと意味深な笑顔になる。

「まあ、きみは数年のうちに陥落するよ、俺に」

「すごい自信だこと」

「自信じゃないよ。きみのお人好し加減を信頼してるだけ。きみは一途に愛を捧げる俺を無視し続けられるほど冷酷じゃない」

私がほだされて身体を開くとでも思っているのだろうか。ふんと息をつき、答える。

「残念ながら、そうはならないんじゃない？　でも、私がＯＫを出すまでしないというのは守って」

「ああ、きみが安心できるように、これらの内容で正式に契約書を作るから待っていて」

成輔はどこまでも余裕の笑顔だった。本当に何を考えているのかわからない。こんな男と結婚するなんて、やっぱりまずいのではなかろうか。同居初日に寒々しい後悔が背中にはいよってくる。

いやいや、私は成輔と向き合うと決めたんだから。

その後、私はキリのいいところで荷解きを終え、お風呂に入って自室に引き上げた。

結婚前提に同居が始まったとはいえ、お互いプライベートスペースもあるし、生活はさほど変わりはしないだろう。

成輔のことを夫として愛せたらいいとは思うが、成輔は急いでいないし、私も焦らなくていい。彼は私に無理を強いたりしない。

「いい旦那さんだって思おう」

初めてのベッド。初めてのふたり暮らし。

私はあっという間に眠りに落ちていった。


翌朝、キッチンから聞こえる音で目覚めた。遮光カーテンの隙間から差し込む光は、今日が晴天だと教えてくれる。設定温度を高めにしてつけておいたエアコンを止め、私は自室からリビングに出た。

「おはよう、葵」

キッチンにいるのは成輔だ。日曜だというのに、すでに立ち働いている。

「おはよう」

「今、朝食の仕上げをしてしまうから、待っていて」

「う、うん」

「昼と夜用にカレーも仕込んでおく。俺は午前中に少し会社に行ってこなければならないから、それを食べておいて」

「ありがとう」

見れば、ダイニングテーブルにはサラダとヨーグルト。私が起きてきたタイミングで成輔はトーストをセットし、スクランブルエッグとベーコンを焼き上げた。手際のよさは、日頃から料理をやっている人間のそれだ。

「先に食べていてね」

そう言って、成輔はカレー作りの続きに戻る。私がもそもそとトーストを頬張っている間にスパイスのいい香りが漂い始めていた。

「辛いのどのくらいまで平気？」

キッチンから成輔が尋ねてくる。

「ええと、一般的な辛口くらいまでなら平気」

「ＯＫ」

辛さも調節してくれるらしい。いや、カレーくらいなら私だって作れる。案外、毎日こういった煮込み料理かもしれない。好きだから全然いいけれど。

ようやく朝食の席についた成輔は私を見て微笑んだ。

「寝起きの葵、可愛い」

「顔を洗っただけのすっぴんを可愛いとは。ストライクゾーン広すぎじゃない？」

「葵は自分の美しさを理解していないね。そこがいいんだけれど」

そう言って、コーヒーマグを手に取る。

「冷蔵庫に昨晩焼いたブランデーケーキがあるから、おやつに食べて」

「え？　ケーキ焼いたの？」

「きみが寝てからね。おやつも俺が担当だと言ったよ」

成輔は当たり前という顔で答える。

「きみさえよければお弁当も作りたいんだけど」

「ええ？　いい！　遠慮する」

「そう？」

「忙しいんだから、無理しないでよ」

必死に遠慮するが、成輔はなぜ遠慮するのかわからないようだ。

「俺は作りたい方だから気にしないで。俺が作ったもので葵が形作られていくと思うとゾクゾクするよね」

「絶対いらない」

思わず真顔で答えていた。やっぱり成輔はちょっとおかしい。

ハッとしてベランダを見やると、すでに洗濯物が風にはためいている。

「洗濯も終わってるの？」

「風呂掃除もね。リビングに掃除機をかけるのはきみが起きてからと思ってた。ロボット掃除機もあるけれど、手が空いたときは自分でかけて雑巾もかけたいからね」

青年実業家でこれほどの家事マスターが他にいる？

成輔は朝食の片付けと掃除機かけだけやって、出勤していった。

私は一日、荷解きの続きをやった。明日から普通に仕事だし、今日のうちに終えておきたい。

お昼ごはんに成輔作のカレーをいただく。

「美味しい……」

めちゃくちゃ美味しい。市販のルーを溶かしただけの味わいじゃない。

付け合わせに人参のマリネがあって、それもまた美味しい。

荷解きを終え、ダンボールを片付け、それから冷蔵庫のブランデーケーキを切ってインスタントコーヒーと一緒に味わう。

「何これ、プロ？」

ブランデーケーキもとても美味しい。洋酒につり込まれたドライフルーツなんかは、絶対に一日二日でできるものではない。きっと日頃から洋酒漬けを作っているからぱっとできるのだ。

「CEOとは……。料理人の間違いでは？」

さすがに昼食の分も合わせて皿とカップを自分で洗い、ロボット掃除機を稼働させて居間で業界紙を読み始めた。時計の音とエアコンの稼働音。ゆっくりと暮れていく日。

洗濯物を取り込み、自分でたたんだ。夕食分のカレーを再び温めていると成輔が帰ってきた。

「ただいま。あ、カレー食べてくれてるんだね。キッチンに人参のマリネの他に、たまねぎの甘酢漬けがあるでしょう。そっちもよければ食べて」

「成輔が漬けたの？」

「そうだけど？　あ、洗濯物たたんでくれたんだね。俺がやるのに。ほら、俺が担当だし」

私はカレーの火を止め、つかつかとキッチンから出てくる。きょとんとしている成輔に言い放つ。

「居心地よすぎて、逆に悪い気がする」

「居心地悪い？」

「確かに家事は成輔がやってくれるっていうのを魅力に感じたけど、ここまで完璧にこなされて私の出る幕なしだとつらい！　なんか、なんていうか飼われている気分」

そう。これは対等な夫婦というより飼育されている感じがあるのだ。

安心安全な環境を整えられ、美味しいごはんを与えられた猫の気分。

「昨日タブレットで見せてくれた条項。あれ、変更しよう」

「どうしたい？」

「家事は分担制にしよう。料理は……私もたまに担当する」

「葵はごはんが作れるのかな？」

「私だってその気になれば作れるよ！」

嘘です。作れません。自分で作った煮物がマズすぎて半泣きで食べたこともあるし、〇〇のもとみたいな商品を使っても味が決まらない方です。

でも、このまますべて成輔というのは、私が納得できなくなってきた。

成輔は楽しそうに笑ってタブレットを取り出した。

「それじゃあ家事は分担しようか。料理はできるときでいいよ」

「曜日で決めよう。週三回は私！」

「うん、わかったよ」

成輔は私の主張を、子どもでも相手にするかのように楽しそうに聞いていた。

さて、私と成輔の同居から一週間が経った。

同居生活は極めて順調である。

まず、家事を分担制にしたことで、精神的に成輔とフェアになった気がしている。片方が洗濯をすれば、片方が掃除機をかける。片方が洗い物を始めれば、片方がアイロンかけや洗濯物をたたみ始める。そんな感じで、ほどよく分担している。

料理に関しては、残念ながらまだ成輔の方が何枚も上手である。この一週間、成輔が暇を見つけては作ってくれる料理やスイーツの数々には正直驚いている。本当にプロ級の美味しさなのだ。賢くて顔もいいのに、料理もセンスがあるだなんて、天はこの男に二物も三物も与えてしまったの？　ずるくない？

私の精一杯は、朝食はおにぎりかシリアル。夕食はシチューからスタートした。あとは手順通りに材料をフライパンで合わせるだけの麻婆豆腐。それに夏だけれど寄せ鍋にしてみた。副菜まで頭が回らないので、いつもどんと一品。正直、一番最初に作ったシチューはとろみが足りず、味も薄すぎた。麻婆豆腐は豆腐が粉々になってしまったし、寄せ鍋はポン酢の味でなんとか食べられたという感じ。それでも成輔は美味しい美味しいと食べてくれる。

気を遣っているというより、私が奮闘しているのがいい味付けなのだろう。大変遺憾である。闘争心が強い方ではないけれど、このまま料理下手ではいられない。

「と、いうことで今日はどう？」

私は帰宅してきた成輔にダイニングテーブルに並んだ夕食を見せる。ハンバーグに付け合わせはブロッコリー。ベーコンとほうれん草のサラダ、オニオンスープ。

「デザートはこれ」

「チーズケーキ？　作ったの？」

「百合がね。実家に寄ったら持たせてくれたの」

でもチーズケーキ以外は私の自作だ。正直に言って、ものすごく大変だった。品数を多く作るときは手順を考えなければならない。システマティックだし、頭を料理用にカスタマイズしなければならないなと感じる。

成輔はそういったところを楽しんでできるのだろう。

「うん、美味しいよ。すごく美味しい」

成輔は笑顔で食べてくれる。ハンバーグなので味見できなかった私も、おそるおそる口に運んでみた。

「ちょっと焦げちゃったけど、味は……今までで一番食べられるかも」

「ちゃんと美味しいから安心して」

成輔は執り成すように言ってから、箸を止めた。

「だけど、葵。無理はしなくていいからね。前も言ったけど、俺は好きで作ってるんだよ。きみは俺に引け目を感じたくないから作るんだろ？」

「まあ、概ねそうだけど、私も料理ができたらいいと思ってるのは本当」

自分で作ったハンバーグを箸で切り分け、もうひと口。うん、センスがなくても努力してみるものだ。レシピは何度も動画で見直したし、ひき肉を混ぜるのは素手でやったから指と指の間がねちゃねちゃして不快だった。ソースは自信がないから市販のものにした。

「できなかったことができるようになる。ちょこっとでも進化を感じる。そういうのは楽しいよ」

「向上心が強いよね、何事に対しても」

成輔はふふっと優しく微笑んだ。私は箸を置いた。

「あのね。じゃあ、私からもなんだけど、毎日夕食に間に合うように帰ってこなくていいよ」

成輔が私を見つめ返す。少し驚いた顔をしている。

「車で迎えにきてくれたりさ、私のために都合を合わせるのを苦とも思ってないのかもしれないけど、同居したらそれは毎日になるんだよ。大変でしょう」

「そんなことないよ」

しれっと答える成輔。こういう腹の見えないところが嫌なのだ。私は嘆息し、びしっと成輔を指さした。

「知ってるよ。夜遅くまで仕事してるでしょ。会食だって、断り続けるわけにもいかない。成輔はCEOなんだよ」

成輔はにこにこしながら黙っている。私はたたみかける。

「私と長く一緒に暮らすなら、譲りすぎないで。自分のペースをちゃんと守って。その上で、私と一緒にいてよ」

「一緒にいて……って染みる言葉だなあ」

「茶化さないでよ」

「ごめんごめん。わかったよ。俺としては、同居したてだからきみに全部時間を使いたかっただけなんだけど、逆にきみに気を遣わせたね」

成輔は立ち上がって、冷蔵庫からシードルの瓶を出してきた。飲む？と聞かれたので頷くと、グラスをふたつ持ってキッチンから戻ってきた。

「わかった。仕事もおろそかにしない。それでいい？」

私は深く頷いた。シードルのぱちぱちはじけるささやかな泡。この家に来て、初めてお酒を飲んだなと考える。

「葵が思いのほか、俺との生活を真剣に考えてくれていて嬉しいな」

「結婚するんだから、真剣に考えるよ。当たり前でしょ」

「そっかそっか」

成輔の笑顔はさっきまでより少しリラックスして見えた。

問題はその後に起こった。

食事で弾みがついたのか成輔はその後もワインをあけ、飲んでいた。場所をリビングに移してソファに腰かけ、タブレットで新聞をチェックしながら。

リビングの大きな窓からはマンション内の植栽が見える。夜はともされた灯りでライトアップされたようになる。

「葵、こっちにおいで」

お風呂あがりの私は素足でぺたぺたとソファに歩み寄る。

「ねえ、成輔ってお酒そんなに飲むっけ？」

「飲まないよ。あまり強くないしね。今日は仕事しないって決めたから飲んでるだけ」

強くないというのは嘘だろう。ワインはほとんどひと瓶空いている。ただ、普段あまり飲まないのは事実。

酔っているなら、成輔とはいえ近づかない方がいいのではなかろうか。

そんな当たり前の警戒心を覚える私に、成輔はじっと視線を送ってくる。

「葵、膝、乗って」

「嫌だけど」

「スキンシップしたい。駄目？」

甘えた声でそんなことを言う。さらにアルコールのせいか、成輔の瞳は少しとろんとしていて、シャツから見える肌も上気している。

(顔がいいって得だよね)

普通の女子なら、この顔とこの様子で迫られたらイチコロだ。

「スキンシップはしないよ」

成輔が私の腕をがしっとつかんだ。そのままぐいっと腕を引かれ、私は成輔の腕の中に倒れ込む格好になった。

「こら！　成輔！」

「やっと乗っかってくれた」

「離しなさい！　そういうことは私がＯＫするまでしないんでしょ⁉」

するると、成輔が私の顔を覗き込んでくる。鼻と鼻がくっつきそうな距離だ。

「セックスはしないよ。でも、他はわからない」

「はあ⁉」

「俺だって好きになってもらいたいからね。身体で堕とすくらいは考えると思わない？」

言うなり、成輔は私の首筋にちゅっと口づける。私は猛然と暴れ出した。

「ごめんごめん。今のはやりすぎたよ～」

成輔は全然平気そうな様子で謝り、抵抗する私の動きをあっさり封じ込めると、最初の希望通り私を膝の上に座らせてしまった。

恐ろしいことだが、成輔が本気を出せば、やはり力ではかなわないようだ。

「何するのよ」

私は身動きが取れず唸るように抗議する。扱いが不当である。

「本当にこれ以上は何もしないって。ただ愛する妻を抱きしめたいだけ」

そう言って成輔は後ろから優しく抱きしめてくる。吐息が首筋にあたり、なんともいえない感覚が這い上がってくる。

「俺、いい子にしてるだろ？　葵が嫌がることはしてない」

「今してるけど」

「これはご褒美。そうは思えない？　優しい夫にご褒美をくれる気はない？」

自分で優しいとアピールしないでよ。

そう思いつつ、確かにこの一週間、成輔のおかげでふたり暮らしはうまくいっている。成輔は余計に踏み込んではこないし、私が居心地いい距離をはかってくれている。

「ちょっとだけだからね」

「ありがと。葵、愛してるよ。いい匂い」

「変な気、起こさないでね」

「起こしそう」

じたばた暴れると「冗談だよ」と笑われた。ずっとこの男に遊ばれている気すらする。

十分ほどそうしていた。ようやく成輔が私を解放してくれるので、私は膝から下りる。残ったワインごとグラスを片付けた。成輔が眠そうにしていたからだ。これ以上、飲ませない方がいいだろう。

「何にやにやしてるのよ」

「そのうち、自分からこうやって甘えてくれるんだろうなって考えてた」

「あり得ません。ほら、眠いならさっさとお風呂に入っちゃいなさい」

私は成輔の腕を引っ張り立ち上がらせ、大きな身体をバスルームに向かってぐいぐい押すのだった。

4　愛が重いのは知っていたけれど

「院田、隣いい？」

昼時、食堂できつねうどんを食べていると声をかけてきたのは同期の今谷だ。

彼の手には大盛カツカレーののったトレー。お昼からそんなに食べたら眠くなりそうで、私は一度もこの社食の大盛に挑戦していない。なお、サンエア株式会社の社員の多くはこの自社の食堂を利用する。東京郊外にあり、駅前には食事するところもあるが、会社近辺にはコンビニが一軒しかない。

周囲は中高一貫の私立校と大きな公園、住宅地といったところだ。田畑はたくさんある。

「めずらしいね、社内で食べてるの」

営業職の今谷は外勤が多く、社外で昼食を取っているイメージだ。

「今日は午後から会議に参加なんだよ。結構大きなプロジェクトに入れられちゃって」

「名誉じゃない」

「名誉じゃないよ。俺、仕事よりプライベートを大事にしたい方だから」

ふうんと相槌だけ打っておく。私とは気が合わないなと思いつつ、そもそもどこからどう見ても陽キャの今谷と、どこからどう見ても陰キャの私なので、合わなくても当然だなと思い直す。

同期は五人いるけれど、私と今谷以外は他の営業所や研究所に配属されている。だから、今谷が私に話しかけてくるのはわかる。

「でさ、院田、今度食事とかどうかな」

だしぬけに誘われて、私はうどんを噴き出しそうになった。もちろん、そんな動揺は見せず、落ち着いて飲み込んだけれど。

「文脈がわからない。なぜ、いきなり食事なの？」

「まるいち、同期と親睦を深めたい」

「他のメンバーの都合も聞かないと」

「みんなすぐに集まれる距離にいないだろ？」

今谷は無邪気に指を一本立てて見せる。それから、中指も合わせて立て二本にした。

「まるに、家庭の事情。今度、兄貴が彼女を連れてくるらしいんだけど、どんなものを用意したらいいかうちの親が悩んじゃってさ」

「え、私に聞いても参考にならないから」

「プレゼントも渡したいんだってよ。だから、買いの付き合ってほしいんだけど、どう？」

「余計、参考にならないし」

私が欲しがるもの、興味あるものを、一般的な女性が欲しがるとは思えない。そして、一般的な女性が好きであろう服飾雑貨やコスメを私はほとんど知らないのだ。

「じゃあさ、華道の家元なんだろ？　院田の家って。院田自身も華道家なの？」

「私は違うけど、一応稽古はつけられた」

「じゃあさ、家に飾る花や花束を見立ててよ。ぱぱっとできるなら、生けてもらっちゃったり？　女性って花が好きだし、喜ぶよな」

私は嘆息して首を振った。

「駄目。花束にするならお店の人がやるだろうし、そこに口出しするなんて野暮なことはできない。買った花を私が花束にしたり生けたりというのも、立場上やりたくない」

院田流の華道家じゃないとしても、院田の名前を背負っている身で軽率なことはしない方がいい。私のちょっとした厚意で、父や妹に迷惑がかかる可能性もある。今谷やその家族が変な人じゃないとしても、こういった依頼は一律で避けている。

「ごめん。ちょっと気軽に頼みすぎた」

今谷が目に見えて反省という顔になる。こういうところは素直な性質だと思う。

「いいよ。気にしないで」

「家業にしていることだもんな。無神経だった」

あからさまにしょんぼりされてしまうとこちらも困る。

「ええと、どんな花を飾るかだけならアドバイスできるよ」

「本当に？」

今谷がぱっと顔をあげた。

「次の土曜に遊びに来るんだって。だから、金曜の夜に花を買って帰りたいんだ。買うのだけ付き合ってくれる？」

「……わかった。それくらいなら」

今谷は一転明るい笑顔になり、私の何倍も速いスピードでカツカレーを平らげると、

「また連絡する！」と食堂を去っていった。

私は伸び切ったきつねうどんの残りをすすりながら、金曜の夜の件を成輔に報告すべきか考えていた。

その晩、私は風呂上りの成輔に金曜の件を切り出した。私もこれからお風呂という準備をし、事務連絡のようにさりげなく言ったつもりだ。

「ふうん」

ソファで仕事のメールを返していた成輔は静かな表情。ニコニコ笑顔なのも不気味だが、この無表情は明らかに不機嫌だ。

「同期の家に飾る花を一緒に選ぶだけ。すぐに帰ってくるよ」

「食事に誘われてるんじゃない？」

成輔にそのことは言っていないが、察しているようだ。確かに最初、今谷は食事に誘ってきた。

「断ったから、そっちは」

「花を選んでくれた御礼に食事をおごるよって話になると思うけど」

成輔は冷静なだけに、静かな怒りが伝わってくるようだ。そんな態度を取られる方がこちらとしてはイライラする。

「断ります。婚約者と同棲している身なので」

「そう」

「金曜、定時後に吉祥寺。行ってきます」

「わかったよ」

ツンとして響く成輔の声。まあ、いいや。私はもう仁義を通した。報告、連絡、相談。ちゃんとした。

ずんずんとバスルームに向かい、服を脱いだ。

「だいたい成輔だって女性と食事くらいするでしょ～」

熱いシャワーを浴びながら、ぶつぶつ文句を言う。

成輔だって、立場上仕事の相手と会食くらいする。それが女性だったことだってあるはずだ。場合によっては、成輔に女性を紹介したいと同席させる人だっていたかもしれない。

「私だって、仕事上の付き合いみたいなものよ」

こういったことで喧嘩（けんか）したくないし、険悪になりたくない。

せっかくふたりでほどよい距離を保って生活ができているのだから。

「それとも居心地がいいのは私だけ？」

成輔の多大な我慢のもとでこの生活が成り立っているのだとしたら、すごく嫌だ。

しかし、すぐに思い直す。成輔が私を信頼していないのだ。だから、同期と買い物をするくらいで苛立った態度を取るのだ。

子どもみたいだ。私より五つも上なのに。

いつだって、大人の余裕しか見せていないくせにこんなときばかり子どもみたいで……。

「葵」

どきりとした。脱衣所に人影。成輔の声が聞こえる。

「な、何」

私はシャワーを止めて、返事をする。

「さっきは感じが悪くてごめん」

成輔の声は静かだ。

「馬鹿みたいだと思うだろうけれど、こんな些細なことでも嫉妬してしまうんだ」

「嫉妬？」

「きみが他の男と時間を過ごすのが嫌だ」

私はバスルームのドアを開け、ひっかけておいたバスタオルを浴室に引き入れた。まだ髪も身体も洗っていないけれど、成輔の顔を見た方がいい気がしたのだ。

タオルを身体に巻き付け、顔だけバスルームから出す。

「成輔。嫉妬する理由ない。ただの同期だから」

「それでもだよ。きみはきみ自身の魅力に気づいていない。だから警戒心が薄い。心配してしまうし、きみを狙う男がいるなら渡したくない」

今谷が私にそういった感情があるはずがない。しかし、警戒心が薄い女だと思われているのはいいことではない。そういった意味で、信頼がないのかもしれない。

「成輔。私、成輔の奥さんになるんだよ」

「ああ、そうあってほしいと思ってる」

「成輔以外の男性になびかないよ。約束する」

そもそも恋愛に興味関心が薄いのだ。夫となる人ができた以上、他の男性にまで目移りしている余裕はない。

「約束しちゃったから、金曜は行く。でも、同期には婚約者がいるって言っとくよ。自意識過剰っぽいけど。私、成輔のこと好きになる努力中なんだから、心配しすぎないでよ」

「葵」

成輔がバスルームのドアから私の腕を引いた。

「わ！」

タオルを巻き付けた格好だけれど、そのまま成輔に抱きしめられる。

「こら！　これはよくない！　離れなさい！」

「葵、好き。このまま抱いてしまいたい」

「駄目！　離れて」

ぽかぽか背中を叩くとようやく解放してくれた。おそらく鎖骨のあたりまで真っ赤になっているだろう私を、成輔は熱っぽく見下ろす。

「嫉妬深いよね、俺」

「いや、……考えてみたら、私に悪い虫がつかないようにって高校まで迎えに来てた成輔だもんね。嫉妬深いの、知ってた」

そういう深い愛情がポーズじゃなくて本心だと知ってから、私はまあまあ嫌じゃなくなってきているのだけれど。

それは、今は言わない。

「それじゃ、私、お風呂入るからね！　出てって！」

「うん。ゆっくり入って」

「そうします！」

私は言い切り、脱衣所から成輔を追い出した。ああ、まだドキドキする。こんな格好で抱きしめられるとは思わなかった。

本当に自意識過剰なので言いたくなかったけれど、今谷には婚約者がいると伝えよう。彼がいるから、ふたりで出かけるのは今後は遠慮するって。

ああ、モテる女気どりに見えてしまわないかな……。

約束の金曜日、定時に上がって、今谷とふたり電車に乗った。中央線で吉祥寺に出る。私の乗換駅がここで、花屋も何軒か知っている。

「初夏だし、定番は薔薇なんだけど、ひまわりももう出回ってるね」

大きめの一軒に立ち寄り、飾られた切り花やガラスケースを見て回る。

「食卓に飾る感じにするの？」

「そう。あとはミニブーケを本人にあげたいってうちの母親が」

「OK。匂いの強すぎるものは避けて、装花の定番で。かすみ草とラナンキュラスとかどうかな」

今谷が近くにあるかすみ草の束を見てうーんという顔になる。

「地味すぎないか？　かすみ草」

「ほら、こっちもかすみ草。種類があって形も違う。さらに染料を吸わせてカラーバリエーションも出せるから、組み合わせると可愛いよ。ミニブーケはひまわりをメインに作ってもらうのはどうかな。テーブルの花と印象が違った方がいいでしょ」

早口で伝えてしまった。案の定、今谷は少々気圧された顔をしている。

「ごめん。いっぺんに喋ってしまった」

「いや、普段の院田、あんまり喋ってくれないから嬉しいかも。好きなジャンルの話なら話してくれるんだな」

そう言って笑顔になる今谷。なんだかむずがゆい反応だ。

「好き、というか。まあ、仕事？　あと一応、そういう家の生まれだってだけで」

「院田の名前、葵だよな。アオイの花ってこういうところで売ってないの？」

「アオイの花も種類があるからね。園芸品種の苗は売ってたりするけど、タチアオイとかは圧倒的にそのへんに咲いてるイメージだよね」

「そっか。アオイの花を買いたかったな」

なんで？という疑問の顔のまま今谷を見る。すると、今谷が言った。

「俺の好きな子と同じ名前の花って、家族に言えたから」

「……今谷の好きな子は、私と同じ名前……」

「いや、鈍いな、おまえ！」

ツッコミを入れて、慌てたように今谷は私に背を向けた。

「今、教えてもらったので店員に相談してくる」

そう言ってレジに向かって行ってしまった。

私はぽかんとそれを見送る。

（もしや、求愛されてしまったのか？　私は）

あり得ない珍事件勃発だ。今年はそういう年だろうか。成輔と婚約したと思ったら、同期に好かれるなんて、一生分の男運を今使っているのだろうか。

（どうしよう。とぼけた方がいいかな。意味がわかっていない振りをした方がいいかな）

それはそれで不誠実な気もする。

やがて、店員に万事整えてもらった花の袋を手に今谷が戻ってきた。

「買えた？」

「ああ、ありがとう」

「今谷、さっきのことだけど」

「すぐ返事しなくていいから」

遮られてしまった。しかし、すぐに返事をしておかないと、うちには厄介な存在がいる。

「あのね、私……」

そのときだ。背後から私の肩にぽんと手が置かれた。

「葵、迎えに来たよ」

肩に手を置かれた時点でわかっていた。声を聞かなくても、成輔だって。

「なんで迎えに来るの……」

私は羞恥とも怒りともつかない気持ちでぐるりと首をめぐらせる。成輔は涼しい笑顔で私と今谷に微笑んでいた。

「今日は吉祥寺に寄るって聞いていたから。仕事の帰り道だよ」

「成輔の仕事はこっち方面に用事があるの？　私、知らないけど」

問い詰めようとして私はハッとする。今谷の方を向き直り、仕方なく成輔を紹介する。

「今谷、私の婚約者の風尾さん。成輔、こちらは同期の今谷くん」

婚約者がいることは伝えるつもりだったけれど、こんな形でご本人登場とは思わなかった。どこまでも私を信頼していないじゃない。

「こんばんは、風尾です。葵がお世話になっています」

「ああ、今谷です！　院田さんには今日も手伝ってもらいました。急に誘ってしまって、すみません」

今谷は驚いた顔はしていたが、さすが営業職。すぐに朗らかな笑顔になり成輔に挨拶をしている。

「たまに同期会などをやるので、また院田さんを連れ出してしまうこともあるかと思うんですが、よろしくお願いしますね」

「ええ、もちろんです。今後とも葵をよろしくお願いします」

成輔の笑顔は綺麗だ。もともと本当に綺麗な顔をしているけれど、青年実業家として人の前に立っているときの彼は、カリスマ性があるように見える。

「葵、まだ用事があるなら待ってるけど」

「……ない」

「そうか。それじゃあ帰ろう。今谷さん、失礼します」

成輔は私の腕を取って歩き出す。人混みを縫うように歩き、駅から近い立体駐車場にやってきた。ここに車を停めてあるようだ。

「なんで、迎えに来たの」

「ごめん」

「信頼してないの？」

「ごめん」

成輔はそう言うだけだ。私は会話を諦め、おとなしく助手席に腰を下ろした。

車はそのまま私たちのマンションへ。

部屋に入り、荷物を椅子に置く。なんだか疲れていた。成輔から反応があるかわからなかったが、振り向き尋ねる。

「夕飯、どうする？　考えてないでしょ」

すると腕を引かれ、抱き寄せられた。ずっと無言だった成輔のはっきりしたリアクションに、抗うのも馬鹿らしくなり、私はその背に腕をまわしぽんぽんと叩く。

「おー、よしよし。どうした、どうした」

「ごめん、葵」

「具体性のない謝罪はやめましょう」

「迎えに行ってごめん。嫉妬深くてごめん。余裕がなくてごめん」

素直にずらずらと言われてしまう。怒ってもしょうがない気がしてきた。

私は成輔から少し身体を離し、その両頬を手で包んだ。恋人同士というより愛犬の頬をぶにゅってするみたいなイメージ。犬を飼ったことがないから、本当にイメージだけど。

「もしかして、成輔って結構こじらせてる？」

「たぶん。葵のことになると気持ちのコントロールができない」

でも、キスやそれ以上は我慢してくれているじゃない。そう言おうとしてやめた。

「不安にさせてるのって私だね」

「いいんだ。きみは俺を好きになる努力をしてくれてるんだから」

成輔が長く私を好きでいてくれているのは理解しているし、私だって応えたいとは思っている。一方的に居心地のいい関係を提示してまで私を繋ぎとめようとして、たまに苦しくてその気持ちが漏れ出してしまうのもわかる。そんなところを可愛いとも思う。

そう、不思議だけど、私は成輔を可愛いとは思うのだ。

今、この瞬間も。いとおしいような大事なような……。

「成輔」

私は意を決して彼を見つめた。

「キス、してみようか」

「いいの？　嫌じゃない？」

「一度無理やりしてきたくせに」

「その反省を踏まえて聞いてる」

私はふうと息をつく。

「嫌じゃない。でも、これは限定的な同意だから！　成輔が私たちの関係に不安を感じているのは嫌だし、私も前向きに考えているって誠意を見せたいだけ。今回限り。あとはしない」

「わかった。ありがとう」

成輔が目を細めた。その切ないような嬉しいような笑顔は、見たことがない。

顎を持ち上げられ、そのまま口づけられた。柔らかく重なった唇。緊張で震えそう。かすめるようについばむように重ねられ、だんだん感覚がおかしくなってくる。そんなに何度もするものなの？　もういいよね。顎を引こうとしたら、いきなり深く重ねられた。

(舌が……入ってくる)

頭の中ではこれがディープキスなのだとわかっている。だけど、初めての感触にどうしたらいいのかわからない。混乱と羞恥で全身がわななき、さらにゾクゾクするような感覚が背筋をはしった。

怖い。そう思うのに、成輔の身体を押しのけられない。

キスの途中で成輔が私の眼鏡を外した。ダイニングテーブルに置かれたそれに意識を持っていく暇もない。抱き寄せられ、もつれるようにソファに押し倒される。

「せ、いすけ……」

名前を呼んでもすぐにキスに吸い込まれてしまった。何度も何度も角度を変えて重なる唇に、私はなすすべもなく翻弄された。

時間にして十分くらいだっただろうか。もっと長かったかもしれないし、短かったかもしれない。私に覆いかぶさった状態で、成輔は荒い息を吐きながら私を解放した。精一杯理性をはたらかせてキスを中断したといった感じだった。

「ばか……初心者にここまでする?」

「我慢できなかった。ごめんね」

そう言って、私の目尻の涙を舐めとるのだから、なお心臓に悪い。押しのけるとようやく成輔は退いた。

起き上がり、ソファの上で成輔の顔が見られない。成輔も落ち着こうとしているようだった。

「ありがとう、葵。またきみがしてもいいと思ったら言って」

「……当分、いい」

「気持ちよくなかった？」

気持ちよくないわけない。びっくりしたけれどキスは気持ちがいい。合わさっているのは唇だけなのに全身が震えてしまうくらい気持ちがよかった。こんな感覚は知らない。

しかし、素直にそうも答えられないので私はむっつりと呟く。

「そういうんじゃない」

「ＯＫ。……ごはん、家にあるものでよければ、ぱぱっと作るよ」

成輔はすっかりいつもの笑顔に戻り、立ち上がった。自分を律して、いい夫の表情になっている。

「大葉と冷凍の鮭でお茶づけとか。どうかな」

「美味しそう。食べたいです」

「じゃあ、準備するね。葵はお風呂掃除をお願いしていい？」

「うん」

立ち上がり、ダイニングテーブルの眼鏡を取ってかけ直した。途端に現実が戻ってきて、恥ずかしくなった。

あんないやらしいキスをするつもりなんかなかったのに。

気軽にキスなんて言い出すんじゃなかった。

恥ずかしい気持ちでいっぱいでいたたまれず、足早にお風呂掃除に向かうのだった。

その後、成輔はいつも通りの態度だったけれど、私は何度も彼から目をそらしてしまった。

週明け、出勤するとまず営業部の今谷を訪ねた。するとオフィスの手前、営業部フロアの自動販売機前でコーヒーを買っている今谷に遭遇した。

「お、白衣姿、めずらしい」

今谷は挨拶代わりにそんなことを言ってくる。

「今日はこの後ずっと研究室だから。……金曜、急にごめんね」

告白されるとは思っていなかったし、成輔が迎えに来るとは思わなかった。誰よりも想定外を味わっているのは私だけど、今谷はいきなりハイスペイケメンと出くわして驚いたに違いない。

「婚約者の件？　あれは驚いた。家同士が決めた仲ってやつ？」

今谷は動揺すらしていない明るい笑顔だ。

「まあ、そんなところ。現在、結婚に向けて交際中」

「おお、さすがお嬢様」

私と成輔の複雑な感情で成り立って始まった同居生活。その詳細を言っても仕方ないので省略する。

「彼、過保護なの。嫌な態度だったらごめんなさい」

「全然そんなことないよ。でも、安心した。それなら、まだ俺が略奪するチャンスがあるよな」

「は？」

今谷はけろっとした様子で言った。

「恋愛結婚しようよ、俺と」

「無理だよ。今谷に恋愛感情ないし」

あまりに無遠慮に言ってしまった。金曜に言えなかったことだけど、ここまでぞんざいに答えるつもりもなかった。

「でも、あの婚約者さんともそこまで親密に見えなかったぞ」

朗らかに痛いところを突いてくる。確かに突然現れた成輔に、眉をひそめてしまったのは事実だ。

「まだ付け入る隙がありそうだから、俺は頑張るよ。略奪愛って燃えるし」

「ポジティブすぎない？」

「俺のことが好きになったら、ふたりで周囲の人たち全員を説得して幸せになろう」

「だから、そうはならないって」

そこまで言ったところで、始業のチャイムが鳴り響き出す。

「またあらためてデートに誘うからな！」

自身のオフィスに向かう私に今谷が言う。

「断るよ」

顔だけ向けて、私は答えた。

立て続けにふたりの男性に「好きになってほしい」と言われている現状、私の人生ではたぶんもうない珍事だと思う。

5　知らなかった気持ち

「お休みの日なのにごめんね」

「いいよ。暇だし」

今日は百合の手伝いで、『ホテル静生荘』のフロントに大きな生け込みを作っている。規模の大きな作品になるので、私も百合もジーンズ姿だ。着物を着て正座し、粛々と花と向き合うのが生け花のイメージだけど、院田流華道にはこうした作業のシーンも多い。

私が暇なのは本当だ。家にいても成輔に作ってもらったお菓子を食べてだらけるくらい。今週はその成輔も仕事である。

「おや、院田先生のところの美人姉妹じゃないか」

無遠慮な声が聞こえ振り向くと、見覚えのある男性がいた。でっぷりと太り、薄くなった頭を七三分けにしている。かなり垂れ目だ。

「大山田専務、ご無沙汰しております」

百合が手を止め、頭を下げる。私もならって頭を下げた。

思い出した。父の知り合いの製薬会社の重役だ。高校時代にパーティーで顔を見たことがある。百合はいまだにそういった場で顔を合わせるのかもしれない。

「相変わらず百合さんは美人さんだね。ジーンズに軍手でも、これはなかなか」

そう言って大山田専務は百合の頭のてっぺんから足元までをじろじろと見回す。垂れた目がさらに下がり、品定めとしか思えないねちっこい視線が不快だ。うちの妹が汚れる。

私はずいっと百合の前に出た。

「大山田専務、ご無沙汰しております。姉の葵です」

「おお、久しぶりだね。葵さん。大人っぽくなって」

そう言って、私の方は身体を重点的に見回すのだからタチが悪い。そんなにいい身体はしてないわよ。

「関西の方で遊んでいるとは聞いていたけれど、院田流に戻る気になったのかい？」

ムキになって否定するのも馬鹿らしいけれど、遊んでいたというのは聞き捨てならないし、私より先に百合が怒り出しそうなのでつとめて冷静に答える。

「学校です。修士課程までとらせてもらいました」

「女性にそんな学歴いるの？」

大山田専務は笑いをこらえるように言う。とんだハラスメントだ。今時ここまで大っぴらに口にする人いる？　いや、公でなければいくらでもいる、こういう人は。

「院田流に戻りなよ。百合ちゃんと並んで美人姉妹華道家！　ウケるよ。華道ってとっつきづらくてお堅い感じだけど、ふたりが可愛らしくメディアでアピールすれば、業界振興になるんじゃないの？」

ぽんぽん出てくる失礼な発言。おそらくこのおじさんはたいした悪気はないのだ。百合に下心くらいはありそうだけど。

「私の知り合いのプロデューサーを紹介するよ。テレビでドキュメンタリーやってもらうのはどう？　百合ちゃん、よければそのへんを打ち合わせしない？」

「大山田専務……」

私は百合の細い身体の中で怒りがメラメラ燃えているのを感じた。私や院田流を馬鹿にされて、百合が怒らないわけがない。普段穏やかな分、私とは違う激しさがある。

「百合、私が話すから」

百合を背に庇(かば)うようにすると、そのとき真横から大きな声が聞こえてきた。

「あれ？　大山田専務じゃないですか」

見れば、笑顔でこちらにやってくるのは成輔だ。

「おや、風尾グループの若社長じゃないですか！」

「いやだな。私はまだ、風尾グループ本部には籍を置いてませんよ。今はあれこれ会社経営に手出しさせてもらってます」

「何をおっしゃる。お父様の右腕は成輔さん、あなたでしょう」

あっはっはと明るく笑い合うふたり。すると成輔が続けて言う。

「大山田専務、今日は光由党の荏原先生の会にお越しになられたんでしょう」

「ああ、成輔さんもですか？」

「そうなんです」

確かに今日の成輔の出かけ先は議員の資金集めパーティーだとは言っていたけど、まさか行き先がかぶるとは。

「今なら荏原先生もお時間がありそうでしたよ。直接、お話しできるのではないですか？」

「本当ですか。それはいいことを聞いたな。では、急いで参りましょうかな」

議員と直接会話するチャンスと急ぎ始める大山田専務はもうこちらを向いていない。

それなら、こちらももう会話しなくていい。

行ってしまった大きな背中を見送り、私は成輔を見た。

「やっぱり絡まれてた？　あのおじさん、若い子と見ると節操ないからさ」

「成輔さん、いつもありがとう」

百合が私の後ろから顔を出した。顔色が悪いのは怒りすぎたせいだろう。慣れないことをすると、百合の身体は驚いてしまうのだ。

「いつも？」

「パーティーでもたまに助けてくれたの。大山田専務や、他にもしつこい男性はいるから」

「あらー」

なるほど。私が京都住まいをしている間、ふたりは都内でパーティーなどの折に顔を合わせているわけだ。何かあったときは成輔が助けてくれていたということね。

「私の可愛い妹を助けてくれてありがとう」

「葵が素直に俺に感謝を……」

「いつも感謝してるじゃない。今朝も朝ごはんに御礼言ったけど」

私たちのやりとりを百合はくすくす笑って見ている。

それからふうと息をついた。

「でも、私やお姉ちゃんを〝女性〟としかカテゴライズしない人を見ると嫌な気分になっちゃう」

「まあ、多いよね。男女の区別と差別をはき違えている人」

理系はいまだに男性が多い。そのせいか、そういった無意識の差別や露骨な差別には散々晒されてきた。私は図太い方だけど、繊細な百合は女性として下心込みで見られるたび、心をすり減らしてきたのではないかと心配になる。

「無神経な連中に付き合って嫌な思いをすることない、と言いたいところだけど、あっちから寄ってくることもあるもんな。俺がいるときは、なるべくふたりの盾になれるようにするよ」

成輔の言葉はありがたいが、私は頼って陰に隠れていたくないなと思った。嫌なことを言う人にははっきり言い返すか、きっちり無視か。嫌な視線や差別から守られなければならないのが女性だとは思いたくない。

しかし、成輔の言葉が〝女性だから守らなければ〟なのではなく、〝好きな人とその妹だから守らなければ〟という感情から発されているのはわかるのだ。限に今、嫌な空気に割って入ってきてくれた。

「頼りにしてる」

「成輔さん、頼もしいです」

私の言葉と百合の言葉が重なった。百合をちらりと見て、なんだか胸がざわっとした。

熱心に成輔を見つめる百合の横顔。

百合のこんな表情を、私は昔見たことがあるような気がする。

そして、私の胸のざわざわも覚えがある。それがいつだったか、思い出せないだけ。

成輔はパーティーに戻っていき、私と百合は牛け込みを仕上げてホテルを後にした。

成輔がパーティーから帰宅したのは夕方だった。読書をしたりぼんやりテレビを眺めたりして過ごしていた私だったが、夕食だけは用意しておいた。

「今日は炊き込みごはん？」

「うん、実家で具材を煮たのもらったから、分量通りのごはんと炊き込んだ。楽ちん」

「葵のご実家の味だね。あ、魚も焼いてくれたんだ」

「ブリの照り焼きが食べたかったんだ」

すると、私の目の前に成輔がどさっとパンフレットを置いた。

「何これ」

「静生荘のウエディングプラン」

今日の老舗ホテルはウエディングでも有名だけれど……。おそらく結婚式の会場を成輔は検討しているのだろう。

「てっきりオリエンタルローズパレスホテルかと思ってた。風尾グループは繫がりが深いじゃない」

「こういうのは新郎新婦の意見が一番大事だろ？　それとも、葵は海外ウエディングがいい？　それでも俺はいいよ」

入籍も結婚式もまだまだずっと先だと思っているのに。私は少し笑って、ソファから成輔に腕を伸ばした。何々と腰をかがめてくる成輔の頭を撫でる。可愛いなと思ったのだ。

「ど、どうしたの？　葵」

「なんでもないよ」

成輔は私の手を取った。そのままぎゅっと繫ぐ。いとおしそうな仕草に、愛されている実感を覚えた。この人は私が好きなのだ。好きで好きでたまらないと、繫いだ手から伝わってくる。

「結婚式、私もちょっと真面目に考える。まだ先のことだと思ってたけど、準備が早すぎて悪いことでもないし、逆になんの準備もしないのはよくないか」

「前向きな検討、嬉しいな。じゃあ、夕食を食べながら話そうよ。お腹空いちゃったんだ」

「パーティーで何も食べなかったの？」

「あちこち挨拶が忙しくて全然」

成輔と向かい合って食べる食事にもすっかり慣れた。成輔のいる毎日は、もう私の日常だ。

さっき、成輔を可愛いと思ったのは本音。私のことが大好きで、私との結婚式を楽しみに考えてくれている成輔。そんな人をいとおしいと思わないではいられない。

それがすなわち恋なのかと尋ねられたら、難しい。友情や家族愛は感じている。何を考えているかわからないところもあるけれど、信頼はしている。

だけど、燃えるような恋の感情……そもそもそんな感情を覚えたことがないので知識としてだけど、とにかくそんな気持ちは成輔相手に感じない。

成輔はそんな私と結婚をしていいのだろうか。成輔はどう見ても優良物件だ。彼が望めば、素敵な女性はいくらでも手に入る。

成輔に本気で恋をしている女性だっているはずだ。

それなのに、こんな中途半端な私が、成輔の花嫁になっていいのだろうか。

翌週、私は実家を訪れていた。

炊き込みごはんの御礼にと成輔がお菓子を買ってきたのだ。限定品の高いお菓子らしいけれど、私はよくわからない。

「まあ、成輔さんは本当によく気を遣ってくれる人ねえ」

母はお茶を淹れ、早速お菓子を開けて私の前に出す。可愛い形のタルト。

「私はいいのに。お父さんと百合が帰ってきたらあげなよ」

今日、ふたりは院田流の仕事で出かけている。

「いいわよ。たくさんあるし、食べましょう。そういえば、百合がこの前雑誌の取材を受けたのよ。」

「百合が取材を？」

「そうなの。ロングインタビュー、この家でね」

母はマネージャー気どりで取材の間同席していたらしい。

院田流や父に取材が入ることは今までもあったし、作品である生け花が取り上げられることも多かった。しかし、百合個人に取材が入るというのは初めてだ。

「百合は未来の家元として、すごく好印象だったわよ。話すのが上手だった」

母の感想は、子どもの学校の参観日みたいだ。母なりに嬉しいというのは伝わってくる。

一方私はぼそりと呟く。

「世間が百合を見つけてしまう……」

可愛くて才能あふれる百合がメディアに取り上げられたら、きっとあっという間に人気者になってしまう。百合個人名義ではＳＮＳはやっていないけれど、院田流名義のＳＮＳはフォロワー急増。テレビや動画配信サービスのチャンネルなどにも呼ばれてしまうかもしれない。

私が脳内でシスコンを爆発させていると、母は浮かれた調子で言った。

「あとで雑誌の名前とか、発売時期とか送るわね。あなたも百合の活躍を見習ってほしいものだわ」

何を見習えと言うのか。それは院田流に戻ってこいという意味なのだろうなと感じ、私はもそもそとタルトを口に運ぶ。母も無邪気にタルトを頬張って、声をあげた。

「あら、美味しい。これ、確か銀座にできたなんとかってシェフの店のなんか美味しいスイーツでしょ。行列になってるのテレビで見たわ」

「お母さん、情報がめちゃくちゃ」

ツッコみつつ、私もよくわかっていないのでそれ以上は言わない。確かにとても美味しい。成輔が並んで買ってきたわけじゃないだろうし、秘書さんが並んだのか、それともシェフと知り合いで融通してもらったとか……。

「美味しいけど、成輔の作ってくれるケーキもなかなかだよ」

私が言うと、母がキッと私を睨んだ。

「あなた、成輔さんにケーキを作ってもらってるの？　まさか台所仕事をさせてるんじゃないでしょうね」

「え、家事は分業してるけど。まあ、成輔の方が上手いから、料理は彼の方が多めに担当してくれてるかな。おやつも作ってくれるし。その分、私は掃除を……」

「あなたはどうしてそうなの！」

母が呆れと怒りの声をあげた。

「成輔さんは会社経営者なのよ。どれほど忙しいと思ってるの。それを支えるのが妻のあなたでしょう。台所に立たせるなんて言語道断。家のことはあなたが完璧にしなさいな」

「え、なんで。私も仕事してるけど」

「妻の務めでしょう！」

先週、男女差の区別と差別について考えたばかりだったけれど、役割の当てはめもそうだと思う。我が家の母も立派な役割論者だった。

「お母さん、今時の、という言葉は抜きにして、私と成輔はお互いに納得する関係性を自分たちで模索して同居してるんだよね。まあ、私が家事が不得意で成輔が得意だから、成輔にはかなり家事負担をしてもらってる部分はあるけど、私も努力して平等にしようとはしているし」

「そもそも平等って意識が妻として」

「だから、妻は家、夫は外の考えはうちには当てはまらないんだよ」

激しい母。のらりくらりと、でも譲らない娘。これが長年の私と母の関係性だが、やっぱり根本は合わないなあと感じる。嫌いなのではない。性格や考え方が合わないのだ。

母は、はーと深いため息をついた。

「成輔さんにも風尾社長にも申し訳ない。こんな娘を嫁がせてしまって」

「まだ嫁いでない……」

「本当に今からだって、百合と取り換えた方がいいんじゃないかって思ってるわ」

随分な言い草じゃないのお母さま。取り換えるって、物じゃないんだから。

「百合が可哀想だからやめてあげな。百合は成輔なんかあてがわれても困るよ」

「あら、そんなことないわよぉ」

母は残ったタルトをぱくんとひと口で頬張る。どういう意味？といぶかしげに見守る私は、母が頬張ったタルトを飲み込むまで待つしかない。ごくんと飲み込み、お茶をすると母は言った。

「百合はずーっと成輔さんのことが好きだったんだから。あなたにとっても百合にとっても成輔さんは初恋の人ってこと」

「はあ、またそれ？　私と同じく小学生時代の話でしょ。そんな昔話をほじくり返して、今も好きなはずだなんて、とんでもない言いがかりだから」

「違うわよ。あなたが高校生になって理系に進むって言い出した頃？　家元は継がないっていうから、じゃあ成輔さんと婚約するのは百合ねって本人に話したことがあるもの」

初耳だ。母と百合の間でそんな話があったなんて。確かに私は高校生の頃、そういった話をしたし、両親は風尾家の跡継ぎと院田流の家元が結婚するものだと考えていた。私だって、そう思っていたくらいだ。

百合本人に話がいっていないなんて、どうして楽観視していたのだろう。

母はふふふと笑った。

「百合はまんざらでもない顔をしていたわよ。だから、百合だって当時は成輔さんを間違いなく好きだったのよ」

百合は成輔が好きだった？

嘘でしょう。

そんな素振り見せたことがない。

そこまで考え、私は先週の百合の表情を思い出した。成輔を見つめる憧れを含んだ一途な眼差し。そうだ、あんな百合の表情なら私は過去何度も見ている。幼い頃や学生時代。あれは百合が成輔を兄のように慕っているからだと思っていたけれど、もしかして違ったのだろうか。

百合は、成輔が好きだった。

もしかしたら今も……？

「はあ、さすがに私も今から葵と百合を交換しますとは風尾社長には言えないわ。だから、さっきのは冗談だけど、葵は百合を見習って家庭的で穏やかで女性らしい妻になってほしいわね」

母の話はもう半分以上耳に入ってこなかった。頭の中がぐるぐると回る。

過去の百合を思い返す。どこに滲んでいただろう。成輔への気持ちが。私とお見合いの話が出たとき、どうして百合は背中を押したのだろう。

過去の記憶の中からふと思い当たることがあった。

「ハンカチ……」

「何？　どうしたの、葵」

「や、なんでもない」

私は残りのお菓子を味もよくわからない状態で口に押し込んだ。もぐもぐと咀嚼(そしゃく)し、お茶で流し込む。

「そういえば、忘れ物があったわ。部屋に行く」

そう言って立ち上がった。私の自室はまだこの家に残されている。その隣が百合の部屋だ。

不在の百合の部屋に入るのは気が引けたが、どうしても確認しておきたいことがあった。先ほど思い出したことだ。

そっとドアを開け、百合の私室に入る。相変わらずきっちりと整理整頓された和室だ。私とは生物としての種類が違うとしか思えない。

棚の上には家族写真が並んでいた。その中の一枚は、私と成輔と百合が映ったものだ。今から十年くらい前のもの。それこそ百合が成輔を好きだったと母が言った時代のものだ。

三人は笑顔だった。もしかしてと思ったらやはりそうだった。写真立ての横にはプレゼントの箱が立てかけられてある。埃ひとつないということはいつも掃除されているのだろう。その箱の中にはハンカチが入っているのが透明の部分から見てとれた。ブランドもののハンカチ。覚えている。

私と百合が大学生の頃、成輔がくれたものだ。クリスマス時期に実家に帰っていて、プレゼントだよって。柄が違ったのは覚えているし、私がもらった方はこの数年の月日でどこかの荷物にまぎれて紛失してしまったけれど。

「百合、こんなに大事にとってあったんだ」

百合は成輔からのプレゼントを大事に持っている。数年経った今でも。

「どうして、私と成輔の結婚を応援しようとしたの？　百合……」

混乱していたし、裏切られたような感覚もあった。

百合はまだ成輔が好きなのだろうか。

成輔と結ばれるのは百合だったのではないだろうか。

6 彼に相応しい女性

もやもやを抱えたまま、数日が過ぎた。

もやもやしていても仕事は待ってくれないので出勤する。今日は一日研究室。更衣室で白衣に着替え、身支度を整える。私が今関わっているのは、農作物の薬品だ。過去大流行した農作物の病気を大学と共同で解析し、薬品を開発するグループにいる。家庭菜園向けではなく大規模に農業を営んでいる生産者向けのもので、協力してもらっている農家もいくつもある。

つまり、私は私なりに忙しいのだ。プライベートで頭を悩ませている暇はないし、それを仕事まで引きずっている場合ではないのだ。

しかし、私は着替えの手を止め、つい悶々と考え始めてしまう。

百合にはっきりと聞いた方がいいだろうか。今でも成輔が好きなのか、と。本当は自分が結婚したかったんじゃないか、と。

ああ、そんなことを軽く聞けたらこんなに悩んでいない。

仲がよい姉妹だからこそ、軽々しく踏み込めないのだ。恋愛関係は特に。

もし、百合がいまだに成輔を好きだとして、何か理由があって花嫁の座を私に譲ったとしたら……。成輔とのお見合いの段階からぐちぐち言っていた私をなんと思っただろう。心の中では私に怒りや憎しみを覚えていたのではないだろうか。

そして、百合が花嫁の座を譲った理由はなんだろう。家元の仕事に邁進するためだとしたら、家元を押し付けた格好の私はなんていう悪姉だろう。いや、押し付けたつもりはない。百合の才能を考えたら、私じゃないというのは真実だ。だけど、百合がそう思っていなかったら……。

駄目だ。悪い想像しか浮かばない。

今から私が「百合こそ成輔に相応しい。私のためにも成輔と結婚して」と言って頭を下げれば丸く収まるだろうか。馬鹿にしていると余計に嫌われるだろうか。

百合の気持ちがわからない。

そして、私が百合に成輔の花嫁の座を譲ったら、成輔はどう思うだろう。

「想像したくもないけれど」

成輔は私のことが好きだ。その私が妹と結婚して、妹はあなたが好きなのと言って、簡単に言うことを聞くはずもない。人の気持ちは変えられないのだ。そして執着気質の成輔がどんな態度に出るか。トラブルは避けたい。

（もし、万が一……成輔がそれでもいいと言ったら……）

私は結婚から解放される。同居を解消し、職場には住所を実家に戻したと報告すればいい。婚約者と結婚を前提に同居しているなどと言っていないのだから。

成輔と百合はあらためて新居を探し、恋人同士として同居がスタート。……もしそうなったとしたらいたたまれない。成輔とキスしてしまったし、何度か危ない雰囲気にもなっている。私の存在がふたりにとって邪魔になり、私も気まずくてふたりを祝福しづらい。

成輔は、私にしたように百合を扱うのだろうか。優しく甘く迫るのだろうか。想像しかけて胸が重苦しくなった。

「あああ……」

私はうめき、それからハッと現実に戻ってくる。考えない考えない。ここは職場。今から仕事なのだ。

その日は風尾グループの子会社の創業パーティーがあった。子会社といっても、有名な雑貨量販店である。私は成輔から少し前にパーティーへの同行を誘われ、断っていた。

『強制じゃないよ。婚約者といっても正式な妻でもないんだ』

『それなら遠慮する』

そういった賑やかな場には極力行きたくない方だ。子どもの頃だって、父のお供で出席するのは嫌だった。成輔と会えるから、仕方なく出かけていたくらいで。

しかし、大人になった今、好き嫌いでそういったことを言えないのもわかっている。今後風尾グループ関連で出席しなければならない機会もあるに違いない。朝になって、一応聞いてみようかと考え直す。

「やっぱり私も行こうか？」

仕度をしている成輔に声をかけると、彼は振り向いて笑顔を見せた。

「貴重な休みに無理してついてくる必要はないって」

「ありがとう。そう言ってもらえるのは助かるよ」

成輔は私のことをよくわかってくれている。感謝の気持ちを覚えつつ、持ち帰った仕事がいくらかあるので、今日は成輔の言葉に甘えてそれを片付けさせてもらおうと決める。百合の気持ちを考えもやもやしていたせいか、今週は仕事の進捗がいまいちだった。

成輔が出かけてから、リビングで仕事を片付けた。今日できるのはこれくらいかなと顔を上げると、時刻は十八時。成輔はパーティーに参加中だろうか。ふと、ダイニングテーブルにスマートウォッチが置いてあるのに気づいた。成輔のものだ。

「あれ、これがないと困るんじゃないの？」

スマホを手にして確認できないときも、スマートウォッチならその場で確認や簡単な返信作業ができる。

成輔はかなり活用していたはずだけれど。

「仕方ない。届けてあげるか」

ちょうど手が空いたというのもあったが、成輔が仕事をしている姿を端から見るのも面白そうだと思ったのだ。

さすがにジーンズ姿でははばかられるので、レースのカットソーと仕事用でないグレージュカラーのパンツスーツを着る。

場所はオリエンタルローズパレスホテルだと知っている。馴染みのある場所なので、私は私でラウンジで軽食でも食べて夕食にして帰ろう。そんな算段で出かけた。

国内外の宿泊者の多いホテルは、成輔たちが参加しているパーティー以外にも会があるらしくロビーには大勢の人の姿があった。レストランだけ利用する人や、結婚式の客もいるだろう。そんな中、成輔がいるだろうバンケットルームを目指す。

賑やかな会場に到着し、成輔を呼び出してもらおうか考えたが、それでは成輔がどんなふうに外面を発揮しながら周囲と交友を結んでいるのかがわからない。会場の中は開け放たれた大きなドアからよく見えるので、少しだけ覗き込んでみた。

「あ、いた」

成輔は割と簡単に見つかった。背が高いのと、とにかく見栄えがするルックスなのだ。人に囲まれていてもよくわかる。

ふと気づいた。

その横にいる白の振袖姿の女性。

「百合……」

百合だった。今日のパーティーは風尾グループも院田流もお世話になっている食品会社会長の催した会。百合がいても不思議ではない。

しかし、成輔と寄り添うように立ち、周囲と談笑する姿はまるで……。

「風尾グループの御曹司、相変わらず美形よね」

横を通るご婦人ふたり組の声に思わずびくりと肩が揺れる。ほら、成輔、男前すぎて噂になってるよと思いながら、心臓の嫌なドキドキが止まらない。

「お隣にいるのって、院田流華道のお嬢さんでしょう」

「次の家元はあの方らしいわよ。風尾グループとは昵懇だし、もう婚約していたりしてね」

「美男美女でお似合いだものねえ」

そんな話をしながら退室していくご婦人ふたりを見送り、私は再び成輔と百合を見つめる。

「確かにお似合いだわ」

まるで恋人同士みたい。愛らしい百合の花のような次期家元、美形の青年実業家。

誰が見ても押しも押されもせぬ美男美女のパーフェクトカップル。

私には出る幕なんかない。きっと、成輔が私と結婚すると公にすれば、私たちを知っている人間は皆言うだろう。花嫁は妹の方じゃないの?って。

「帰ろう」

私は手にした紙袋の持ち手を握りしめる。この中のスマートウォッチがなくても、今日一日くらい平気でしょう。

ここで今、成輔に会いたくなかった。妙なショックを受けている自分も嫌だった。

百合が取材を受けたという雑誌は、ひと月もかからず私の手元に届いた。

驚いたのは、雑誌の種類だ。意識が高い若者や経営者が読むようなビジネス雑誌だった。

思っていたのと違う。もっとライトな女性誌か何かの特集だと思っていた。百合は院田流の華道家として、未来の家元として、こういったところで取り上げられる活躍をしているのだ。

先日パーティーで見かけた百合も、もういっぱしの華道家だったものなと考える。雑誌に掲載されたロングインタビューは見事なものだった。過去と現在の華道界全体を通し、院田流の位置づけや独自の考え方を述べ、伝統を大切にしながら新進の風も取り込んでいくという点を作品を通して語っていた。

おとなしいけれど、芯が強い百合らしい。

そしてピックアップされている百合の作品はやはり圧倒的な才能を感じさせた。百合の愛らしい容姿だけでなく、読者はこの作品のパワーをダイレクトに受け取るだろう。

「私じゃ、こうはいかないな」

雑誌を眺めて、ぼそりと呟いた。

百合を誇らしく思う。百合に嫉妬はしていない。

だけど、百合の才能が私にあったらどうだっただろうとは思う。

院田流が嫌いだったわけじゃない。華道が嫌いだったわけじゃない。しかし、必死になって取り組んでも百合が見えている世界は私には見えなかった。

それだけが少し歯がゆい。

百合、私の可愛い妹。

才能があって、美しくて、性格がよくて、天使みたい。

成輔の隣にいたあなたはなんて輝いていただろう。なんてお似合いだっただろう。

……こんなこと、考えたくないのに。

「百合ちゃんの雑誌、出たんだね」

ぼうっと同じページに視線を落としていた私に、成輔が雑誌を覗き込んで言った。

「百合ちゃん、写真映りいいよね。綺麗だ」

素直に百合を褒め、成輔はエプロンを腰に巻き始めている。今日は午前中だけ会社に顔を出し、先ほど帰ってきたところ。これから夕飯の下ごしらえに入るそうだ。

「食事の仕度の前に、記事も読んでよ」

手渡すと、成輔は真剣な眼差しで雑誌のページを繰る。

読み終わって、私の手に雑誌を置いた。

「百合ちゃんは自分の考えに一本芯がある。院田流の次期家元に相応しいインタビューだったと思う」

「そうだよね」

頷きながら、胸がもやっとした。なぜもやもやするのかわからない。そのもやもやはここ最近、ずっと続いているものだけれど、今日はいっそう闇が濃い気がする。

「彼女の生け花、俺は昔から好きだよ」

成輔が静かな口調で言う。

「静と動が同居してる。静謐なのに豪放磊落。ひとりの人間の二面性なんじゃない。すべて同じ場所にあるっていう感じ。……語彙が乏しいな、俺」

「いや、わかるよ……」

「彼女の激しさが伝わってくる。訴えたいものがあるって感じかな」

もやもやがやるせなさだと気づいたのは、その成輔の言葉がきっかけだった。成輔は百合の作品を、人間性を正しく見ている。

その作品に込められた、あらん限りの情熱を余すところなく受け取っている。

それは私には入れない世界だと思った。

私には百合のような作品は作れない。私はいつだって自分に納得したかった。だけど、院田流で、私の欲しかった模範解答は百合しか出せなかった。幼い頃は真似もしてみた。恥ずかしくはなかった。私だって、百合の作る世界を自分の手で生み出したかったから。だけど、私には作り上げる才能がなかった。

研究者としての道を愛している。ここまで来られたことを幸運だと思っているし、理解してくれた家族には感謝している。

だけど、私の心の一部は幼い頃にとどまっているのだ。

『百合の作るものが私には作れない』

その壮絶な挫折が私を形作っている。

「百合と結婚すればいいのに」

ぼそりと漏れた言葉は小さくて、成輔が「え？」と聞き返す。

「風尾グループの次期トップなんだから、妻も立派な人の方がいい。箔（はく）がつくよ。美しく才能あふれる院田流の次期家元」

「何を言ってるの、葵」

「箔はいらない？　でも、薬品や堆肥を一日中いじっている地味な研究職の妻より、ずっといいよ。それに、成輔の妻になれるなら、百合もきっと喜ぶ」

成輔が眉間にしわを寄せた。それは明らかに私の言に対する不満。

「百合ちゃんを俺みたいな男に渡せないと言っていなかった？」

「前はね。でも、事情が変わった」

「どういうこと？」

成輔の言葉に言い淀む。百合の気持ちが実際どうなのかわからない。勝手に言っていいわけでもない。

「俺から逃げたいっていう言い訳にしか聞こえないよ」

「百合は……百合は成輔のこと、好きかもしれない」

勢い、そう答えていた。

「この前、ホテルで見たよ。パーティー会場で並んでたね。お似合いだった。私の横を通った人たちが婚約しているんじゃないかって噂してた」

駄目だと思いながら、言わなくていいことばかり口をついて出てくる。

「あの日のことなら、百合ちゃんにしつこくする男がいたから、隣を陣取って虫除けしてただけだよ」

成輔ならそうしてくれるだろう。今までと同じように、百合も守ってくれるだろう。

しかし、その現場を私は初めて見た。きっと、今までも多くの人が百合と成輔の関係を誤解しただろう。それほどまでに並んだふたりはお似合いだった。

「私といるより、幸せそうに見えたよ。百合だって、成輔のことが好きなら、私は応援したい」

ひた隠していたコンプレックスを自分で勝手に暴いてしまった。成輔にこんなことを言っても仕方ない。

だけど、考えてしまった。

百合を理解できる成輔。

成輔に恋をしていた百合。

ふたりが結ばれるのが最適解なのではなかろうか。

「仮に」

成輔が発した声は低い。

「仮に百合ちゃんが俺を好きでも、それは俺には関係ない」

成輔は私をじっと見下ろしている。居心地が悪く、私はソファから立ち上がった。

「俺が好きなのは葵。まだ伝わってなかった？」

「伝わってる……し、成輔を好きになろうと努力もしてる。……だけど、やっぱり釣り合わないと思う。私はたいした人間じゃない。好きだ好きだと持ち上げられ、大事にされても、私の中では『そうじゃない』としか思えない」

「人間性の自己評価が低いのは知っていたけれど、面倒くさいことを言うね」

ふう、と聞こえてきたため息は深く重苦しい響きだった。

「俺がきみを好きなんだよ。きみが俺の好意を邪魔に思っても評価を過分だと思っても、俺はそれをやめるつもりはない。俺が好きなのはきみ。添い遂げたいのはきみ。……それなのにひどいな」

ひどいことを言っている自覚はあった。ただ、百合の恋心の可能性を知った日から揺れていた感情が爆発した。

「ごめん、ちょっと頭冷やす」

そう言って立ち去ろうとする私の腕を成輔が取った。抱き寄せられるが、両手で胸を押し返す。成輔は私の拒否に、素直に腕を離した。

それが余計に気まずい空気を増長させる。

「結局、俺の片想いのままだ。それでいいと俺は思ってるけど、他に女性を勧められるっていうのは傷つくものだね」

「私は最初から、成輔にはもっと相応しい人がいると思ってる」

「それって誰が決めるの？　葵？　世間？　……俺にきみ以上はいないのに」

成輔はそう言うと私から顔を背け、自室に入っていった。

私もやるせない気持ちのまま、自室に入る。こうなると、同居していても顔を合わせることはない。

自分の言葉やぐらぐらする精神に耐えかねてベッドに入った。そして深夜まで眠ってしまった。

夜中にリビングに出ると、ダイニングテーブルにメモがあった。カレイの煮つけと小松菜の胡麻和えが冷蔵庫にあるそうだ。

私は夜中にそれを温めてひとりで食べた。成輔は眠っているだろう。

好きになる努力をしているだなんて、なんとも珍妙だなと思った。成輔が望むから、同居からひと月ちょっとルームシェアみたいな生活を楽しんでいる。でも、成輔に対してはそもそも失礼なことだ。成輔自身がそれを許したとしても。

「やっぱりこんな同居生活に無理があったのかな」

成輔の料理は変わらず美味しいけれど、胸が重たくて、楽しい気持ちでは食べられなかった。

翌月曜日、私はいつも通り出勤していた。

今日は月一の朝礼があるので、オフィスで待つ。各オフィスの大型モニターに社長や、専務、庶務連絡がある役職者が代わる代わる映る。全部終わると三十分以上経っていた。

「院田、これから総務に行くぞ」

直属の上司に声をかけられ、私は首をひねりそうになった。なんだろう。総務に用事なんかない。なぜ、上司に連れられ出向くのだろう。

「おはよ、院田」

総務部にはすでに営業部の今谷がいた。

「おはよう。今谷も呼ばれたの？」

こそこそと尋ねると、「あれ？　聞いてない？」と今谷。いよいよもってわからない。

すると、総務部長が私と今谷を見た。

「今年の新人の今谷くんと院田さん。ふたりには九月一日から京都に出向してもらう」

「ええ？」

寝耳に水の辞令に私は思わず声をあげてしまい、上司に渋い顔をされてしまった。

それなら先に説明しておいてくださいよ、課長。

「院田さんの母校での共同研究の件は知っているね。家庭用園芸植物向けの栄養剤なんだけど、現在のトップシェアは他社。次に発売される新製品で業界シェアを取り戻したい。最終検査段階に、院田さんも参加して勉強してきてほしい。きみにとっては古巣だろうし」

部長の説明にはいと頷くが、急な話すぎて驚いているし、期間もわからない。

「僕は研究職ではありませんが」

今谷が声をあげ、総務部長が答える。

「今谷くんは京都営業所での業務を覚えて。今年、京都営業所には新人を配属できなかったから人手不足でね。単純に補充が入るまでのマンパワー。それに、院田さんに色々研究内容を教えてもらうといいよ。営業職は研究内容を把握しきれない人も多いからね」

「承知しました」

今谷は朗らかに答える。私と一緒なのが嬉しいというのが返事から伝わってくるようだ。

「あの、期間は？」

「最長でもふた月程度になると思う。もちろん、拒否もできるよ。きみにとってはいい勉強になると思って、課長が推薦してくれたんだ」

そう言われると断りづらい。

いや、断る理由なんかそもそもないじゃないか。私はもっと学び、仕事に活かしたくて研究分野にいる。

「承知しました」

私は頭を下げた。九月一日はもう目の前だ。

大事なことだから早く話そうと思った。

成輔とは昨日の気まずい空気のまま。今朝会ったときもろくに会話しなかった。

深夜仕事から帰ってきた成輔は、私の顔を見て繰り返した。

「京都?」

「そう、ふた月くらいの出向」

成輔は間を置かず頷いた。

「行くしかないんだろう。俺はきみの仕事について妨害する気はない」

そう言いながら不機嫌な顔だ。

「一応だけど、誤解されたくないから言っておく。今谷も同じく出向だから」

「それで、同じ場所にでも寝泊まりするの?」

成輔の言葉はどこかあざけるように響いた。そんなわけないじゃないと思いつつ、面白くない気持ちもわかる。

「住むところは総務が用意してくれるけど、同じ場所じゃない。今谷とは仕事上もたいして関わらないだろうと思う」

信じてほしい。私はあなただけ。

そんな言葉を口にできない自分がいる。

成輔にはもっと相応しい人がいると言ったのは昨日のことだ。その気持ちはまだ変わっていない。

「私がいない間、百合と少し話してみるのはどう？」

もし、百合の恋心が今もなおあるなら、姉としてそれだけは叶えてあげたい。無神経に成輔と結婚を決めてしまったのだから。

成輔が深く息をついた。

「俺を百合ちゃんとくっつけ、自分はアプローチしてくる同期と京都か」

「仕事だから。そういう意図で言っていない。ただ、百合の気持ちを確かめてほしいだけで」

言ってみてから、私が百合に聞けないことを成輔に押し付けているだけなのだと感じた。私はどこまでもずるい。

「わかった。もういい」

その言葉は投げやりで、とても成輔から発された言葉には聞こえなかった。拒否する間もなく成輔は私を捕まえ、そのまま横抱きに抱え上げた。

「成輔！」

「口でどれほどきみが好きだと言っても理解してもらえないなら、こうするしかない」

成輔はそのまま寝室のドアを開ける。自身のベッドに乱暴に私を下ろすと覆いかぶさってきた。

「やめて！」

「やめない。どれほど愛しているか、身体で知ってもらう」

そう言った成輔の目は冷たい。美貌は氷のように冴えていた。こんな瞬間なのに見とれるほど美しい。

「成輔！」

「きみが他の男のものになる前に、身体に刻み付けておくよ。俺のものだって」

「やめてよ！　こんなの契約と違う！」

「契約を違えたのはきみだ」

成輔が動きを止め、低く言った。

「俺を愛せるようになると、俺と夫婦になると誓ってくれたのに」

そう言ったとき、私は百合の気持ちを知らなかった。百合と成輔がお似合いの夫婦になれる可能性があるなんて思わなかった。

だけど、成輔からしたら間違いなく裏切っているのは私の方。

「……わかった」

私は抗う力を緩めた。仰向けでベッドに四肢を投げ出す。

「好きにしていいよ。成輔を追い詰めたのは結果的に私だし」

「本当に抱くよ。いいの？」

「いいよ。私が今谷と不倫するかもって疑ってくるくらいなんだし、処女あげとくよ。疑いは晴れないだろうけど、少しは気が晴れるんじゃない」

自暴自棄の言葉だった。それでも、成輔に今差し出せるものがこれしかなかった。

すると成輔は私の上からどいた。激情は去っているようだったが、代わりに強い悲嘆の色が彼の顔にはあった。それを隠したいのかうつむきがちに立ち上がり、部屋を出ていった。

「成輔……」

私は間違ったのだろうか。

どこからどこまで間違ったのだろうか。

成輔を傷つける結果にしかならないなら、一緒に住むんじゃなかった。中途半端なまま、結婚なんて考えたらいけなかった。

その後、同じマンションで暮らしながら、私たちはお互いを避けた。顔を合わせないよう、ほとんどの時間を自室で過ごした。結果、成輔と話す機会は訪れなかった。

翌週、私は二ヶ月の出向のため東京を去ったのだった。

7　離れ離れの日々

秋の京都は観光客が多い。

それが私の感想。

六年住んだ人間としては、感染症が流行っていた頃以外の京都はいつだって人だらけだ。静かな古都といった印象はあまりない。

それでも、京都の寺社や昔ながらの景観はいまだに大好きだ。早朝も夕暮れも、昼日中だって、京都には独特の表情がある。

京都御所近くのロングステイ用の下宿に入って、しばらくは久しぶりの街歩きをした。ひとり暮らしをしていた頃は山科（やましな）の静かな住宅地のアパートに住んでいたので、今回の下宿はかなり都心部といった感覚。東京の都心部とはイメージが違うけれど。

職場は古巣の大学研究所ではない。大学との共同研究なのは間違いないのだけれど、我が社の京都支社の研究室に一時的に所属している。それでも、挨拶に行った母校で教授や研究を続けている仲間たちを見るとほっこりした気分になった。

ひと月は瞬く間に過ぎた。この一ヶ月、私は仕事と散歩しかしていない。

成輔とはたまに連絡を取っているが、定時連絡として【元気です】と送るくらい。向こうからはもう少し長いメッセージが来るが、私の健康を気遣う内容と向こうの近況報告程度。

最後の喧嘩はお互いに蒸し返さないようにしている。

居心地が悪い。だけど、一緒に住んでいたらお互いもっとキツかっただろう。

今は距離が必要なのだと思う。

成輔とどうしたらいいか、私はまだ迷っている。

成輔の気持ちを無視した行動は私に非がある。コンプレックスを刺激され、自分で勝手に成輔と百合をお似合いだと決め付けた。今落ち着いてみれば、あんな言い方をすべきではなかったのだ。

一方で、このまま何事もなかったかのように成輔と仲直りもできないだろうと感じていた。私たちの同居が正しかったのか、もうわからないからだ。

せめて、百合の気持ちをはっきり聞いておきたい。その上で、私は自分の気持ちを決めよう。

朝、仕度を整えたところでインターホンが鳴った。下宿は小さなアパートだ。

「はい、今出ます」

誰かわかっているので、簡単に答えて、鞄を手に外に出る。

玄関の前では今谷が待っていた。

「おはよう、院田」

「おはよう、今谷」

同じく京都支社に出向中の今谷は、もう少し郊外の下宿にいる。しかし、京都支社までの経路にあるからと朝私を迎えに来るのだ。

一応だが、私ははっきりと断った。曲がりなりにも婚約者のいる身なので困る、と。

しかし、今谷は聞いてくれない。

「もう、迎えはいいって言ってるよね。バスを途中下車してるんでしょ」

すると今谷は明るく答える。

「食事も誘えない関係なんだから、朝、通勤がかぶるくらい許してよ」

「かぶってるんじゃなくて、かぶせてるんだよね」

「俺だって、色々作戦考えてるんだ。京都にいる間に、院田の気持ちを動かしたいし」

まだ諦めていないらしい。私のどこがいいのだろう。モテていると浮かれるような性格でもない。正直、現状を成輔が知ったときの面倒くささの方が気鬱になる。

そこまで考えて、成輔はもう嫉妬もしないかもしれないとも考えた。

最後の喧嘩。成輔が私を見限るには充分じゃなかろうか。

離れている間に気持ちだって冷めるかもしれない。だって、京都にやってきてひと月、成輔は一度だって私に会いに来ない。学生時代はしょっちゅう理由をつけて会いに来ていたのに。

(こんな考え方自体が傲慢だよ)

愛されている自負のある女は傲慢だ。自分で自分が嫌になる。

成輔が私を好きじゃなくなることは充分あるし、今まではそれでいいと思っていた。

隣に立つのは百合の方が相応しい。その考えは今でも心の片隅から消えないのに、どうしてだろう。

成輔があの情熱を他の誰かに向けたら、きっと私はすごく悲しい。

「院田、朝メシ食べた?」

「食べた」

「俺、まだなんだ。時間もあるし、カフェでも」

「行かないよ」

彼に好意がある子なら自分から『朝ごはん、付き合おうかな』なんて返すのかもしれない。今谷は見るからに明るい好青年で、おそらく今までの人生でもグループの中心にいたタイプだろうことは簡単に想像がつく。放っておいても人が集まってきたのだろう。

そのせいか、私のように他者に壁を立てる人間の誘い方が壊滅的に下手だ。追えば追うだけ逃げていくというのに。

(だから成輔は、私との距離を測り続けていたのかな)

軽く口にされる好意。会いには来ても、それ以上は押してこない。

同居を初めてからも、この前だって、いつも嫌がればさっと引く。私のために。独占欲が強く嫉妬深い成輔にとって、私との距離の測り方は、いつだって自制しながらだっただろう。

(駄目だ。また、成輔のことを考えてる)

私はコンビニで朝食を買っている今谷を待ちながら、額を押さえた。

私は成輔をどう思っているのだろう。会いたいのだろうか。

もう、成輔は私を想っていないかもしれないのに。

百合が京都にやってくることになった。

イベントに飾る生け込みを作りに来るのが急遽決まったという。百合には主催者側がホテルを用意してくれているそうで、せっかくなので私も合わせてそのホテルに予約を取った。秋の行楽シーズンだったし、ちょっといいホテルなのでお財布には痛いけれど、百合が来てくれるなら一緒に過ごしたかったのだ。

一方で、まだ百合に成輔の件を尋ねる覚悟は決まり切っていなかった。百合の返答次第では、私は本当に成輔との関係を取り戻せなくなるだろう。

金曜の昼に到着した百合は、午後いっぱいを使って仕事をこなし、終業後の私とはホテルで待ち合わせた。

「美味しいお店を予約してあるから」

「お姉ちゃんの味覚なら信頼できる」

百合を連れてきたのは学生時代から何度も来ている洋食屋だ。

「何度も京都を案内してもらってるけど、このお店は初めてね」

「でしょ。実はここが一番のお勧め。量が多いから、食べきれなかったら言って」

京都に住んでいた頃は、たまに百合が遊びに来てくれるとザ・京都といったお店ばかり案内していた。姉として見栄を張りたかったし、もてなしとはそういうものだと思っていたから。

だけど、私も少し大人になったので、気取らずに美味しいものをたくさん食べられるお店に連れていきたかった。

「ねえ、ここ、成輔さんは連れてきたことがあるでしょ」

注文を終えると、百合がいたずらっ子のような顔で私を覗き込んでくる。ぎくりとした。

「うん、一度」

かつて成輔が京都に来たとき、普段私が食べている店に行きたいと言ったのだ。それで仕方なく連れてきた覚えがある。

「成輔さんが言ってたことがある。お姉ちゃんの行きつけの洋食屋は学生が多くて全部デカ盛りだったって。お姉ちゃんが美味しそうに山盛りのナポリタンを食べている姿が可愛かったって」

私はお冷をごくんと飲み込み、それから黙った。

百合はそれをどんな気持ちで聞いていたのだろう。

今なら聞けるだろうか。百合は今でも成輔が好きなの？　どうして私と成輔の結婚を応援したの？

私が長く黙っていたせいだろうか。百合は到着したグラスワインをひと口飲んで、私をまっすぐ見つめた。

「あのね、お姉ちゃん。私、ずっと気になってたんだけど、成輔さんと喧嘩してる?」

「喧嘩というほどでは……」

「しかも、それに私が関わってる?」

厳密に、百合は直接関わっていない。だけど、百合の気持ちは……。

答えない私に、百合がはーと大きなため息をついた。

「もしかしてなんだけど、お姉ちゃんは私が成輔さんのことを好きだとか誤解していない?」

ドキッとして顔をあげた。私の反応に百合がいっそう深いため息をついた。

「やっぱり。ちょっと前に、お母さんが余計なことを言ったみたいだなとは思っていたのよ。私の方が成輔さんの妻に相応しいし、私が成輔さんを好きだった、みたいなこと言ったでしょ」

「言ったけど……私も百合の方が成輔みたいな男性には相応しいと思うし、百合が成輔を好きなら……」

「だから、それが違うの!」

百合がめずらしく苛立った声をあげた。

「お母さんはああいう人だから、お姉ちゃんが外で自由にしているのが気に入らないだけ。私をだしにしただけ。私は成輔さんのことは好きではありません！」

言葉の勢いにあっけにとられる私に、百合は続けて言う。

「正確に言えば、私だって昔々は成輔さんが好きだったよ。初恋だったかもしれない」

どきりとした。そんな私を、ちょっとだけ微笑んで見つめてくる。

「お姉ちゃんが家元は継がないって言ったとき、中学生だった私は思ったの。それなら家元は私で、成輔さんのお嫁さんも私だって。親同士でも当時、そういう話になったんだと思う。だけど、すぐに成輔さんがひとりでうちに来たのよ」

成輔が？　当時大学生だった成輔は、私が家元を継がないと言ったときも穏やかに頷いた程度だった。私の知らないところでうちに来ていた？

「私はお茶を出す振りをしてお父さんとの話に聞き耳をたててた。そうしたら成輔さん言うの。『俺が結婚したいのは葵ちゃんです。風尾グループとして今後も院田流のご支援は続けていきたいと思っていますので、葵ちゃんとの婚約の話はなかったことにしないでください』って。完璧に失恋だと思った。成輔さんがお姉ちゃんを好きなのは知っていたけど、それは家元になる人だから大事にしているんだと思ってた。

違ったんだなあって」

「……私、その話、全然知らない」

頬が熱い。ぼそぼそと喋る私に、百合はあっけらかんと答える。

「言ってないもの。お姉ちゃんは鈍いから、成輔さんの好意はずっと家同士の繋がりのためだと思ってたし、お見合いのその日まで私と成輔さんが結婚するものだと思い込んでた」

そうだ。だから、結婚を申し込まれて、キスされて、一緒に暮らし出して……。こんなふうにあふれるほど愛される日々に戸惑っている。困っている。

「成輔さんの気持ちをお姉ちゃんが知って、やっと向かい合う覚悟も決めたんだと思ってたのに、私のせいで喧嘩になっちゃってたら嫌だと思ったの」

「百合のこと、お母さんの言葉で誤解してた。部屋にハンカチも大事に飾ってあったし、まだ好きなのかと……」

「あの、ハンカチね。あれはお姉ちゃんに渡そうと思ってタイミングを見計らっていたのよ」

どういうことだろう。理解できていない私に、百合が肩をすくめた。

「覚えてないみたいだけど、あのハンカチは成輔さんが私とお姉ちゃんに柄違いでくれたものの〝お姉ちゃんの分〟」

「へえ？」

「お姉ちゃん、『試薬で汚れるから、ブランドものの何万もするハンカチは使いたくない』って成輔さんに突っ返したのよ。天然とはいえ、あれは酷だと思ったわ。すっかりしゅんとしちゃった成輔さんに私が『あとで渡しておきます！』って預かったの」

つまり、これは私が受け取るはずだったハンカチ？　私は記憶を改ざんして、もらって使って紛失したことにしていた。

「わ、私、最低じゃん……！」

「そうね。成輔さんに対してはいつだって全力で塩対応だった。まあ、お姉ちゃんって興味のない人間には塩対応だから。ハンカチの件は、今からでも成輔さんに謝った方がいいわ」

これに関してはぐうの音も出ない正論だ。当時のことは成輔には謝らなければならないだろう。

「お姉ちゃんは今、あの頃の塩対応を反省するくらいには成輔さんを大事に想っているわけでしょう」

「大事にっていうか、同居人だし……婚約者っていうか、結婚する相手だし……」

「婚約っていつでも破棄できるし、結婚っていつでも離婚できるのよ」

私は顔をあげた。悲壮感があったらしく、百合がおかしそうに噴き出した。

「そんな顔するくらいなら、成輔さんと仲直りするべきじゃない？」

百合の言う通りだ。百合は間違っていない。

勝手に誤解し、勝手に成輔と百合をお似合いだと押し付けて逃げたのは私。

成輔の気持ちをずっと無視して踏みにじっているのも私。

喧嘩を理由に、成輔の気持ちがなくなってしまったのではないかと不安に思えて、いつまでも踏み出せないでいるのは私。

「お母さんには妙なことは言わないでって怒っておいたけど、私もいつまでも初恋を引っ張り出されてあれこれ言われると迷惑なの。私にだって、誤解されたくない人くらいいるんだし」

「百合、恋人がいるの⁉」

突如もたらされたとんでもない情報に、思わず声を荒らげ、席から腰を浮かしてしまった。百合がどうどうと私を席に座らせる。

「私の片想いだから……。たまにお食事に行くくらいの関係だし」

「私の知ってる人？」

冷静でいられないシスコンの私に、百合が「お父さんとお母さんには内緒にして」とささやいた。

「岩千先生……、岩水先生のお弟子さんの」

私の脳裏に、人のよさそうな草食系三十代男性の姿がぱっと浮かぶ。陶芸家の岩水先生の一番弟子で、気難しい先生の敏腕秘書でもあるあの人か！

「お姉ちゃんは聞いていません！」

「言ってないもの」

「百合より十歳くらい上だと思うんだけど！」

「八つね。それを理由に子ども扱いされてる気がして」

そう言うと、百合は残っていたグラスワインをぐっとひと息に飲み干した。

「お姉ちゃん、今日は同じホテルにお泊りよね。ごはんが済んだら、ホテルのバーで飲み直さない？　色々話したいし」

「妹のコイバナ、刺激が強すぎるんですが」

「お姉ちゃんもするのよ、コイバナ」

百合に好きな人がいたってだけで寂しいけど、たぶん私も百合も、恋愛レベルでは同じくらい進展していない。

いや、恋を自覚し、前向きに進んでいる百合の方が、私より何歩も先を進んでいる。私も考えなければいけない。成輔との関係をどう変えていきたいのか。次に成輔に会うまでに自分の中で整理をつけたい。

結局私は、ハンバーグ定食ナポリタン付きをたいらげ、百合が食べきれなかったドリアもたいらげた。ホテルのバーではカクテルを頼み、妹の恋についてあれこれ聞くこととなった。最終的には、あまりアルコールが強くない百合を部屋まで引きずって帰ったのだった。

ふた月という出向期間も今週で終わり。長かったような短かったような。

たいした荷物もないのに、成輔が迎えに来ると言っていた。車ではなく新幹線で来るらしいので、要は私に会いに来るのだろう。

荷物は土曜に運び出し、百合と泊まったホテルに一泊して東京に戻るつもりだ。成輔にも提案し、了承をもらっている。

正直、ドキドキしている。成輔と久しぶりに会うのだ。

百合の本心は聞いた。私が百合に遠慮する理由はもうなく、成輔と向き合うには絶好のタイミングが来る。

私は彼を傷つけたことを謝りたい。

迎えに来てくれるなら、まだ私に気持ちがあると信じたい。そして、私は成輔に感じるこの気持ちに名前をつけなければならない。

そのときが来る。

金曜、母校に出向終了の挨拶に行き、支社研究所ではランチタイムに送別会をしてもらった。

「先に帰っちゃうのか」

定時が過ぎ、荷物をまとめていると、自分もすっかり帰り支度を整えた今谷が隣に立っていた。なお、今谷は人手不足から出向が延び、もうひと月京都支社勤務となる。

「お先に。今谷も頑張って」

「せっかくふた月も一緒だったのに、進展しなかったし」

進展とは今谷の恋のことなのだろうが、こちらに進展させる気がないのだから当たり前である。

「せめて、今日くらい夕食に付き合ってよ」

「ごめんね、帰って荷造りしなきゃならないから」

「あーそう。じゃあ、一緒に帰らせて」

帰り道はバスだ。下宿が電車よりもバス停が近いというのが理由。観光客も多い時期の金曜夜。バスは混み合っていた。

私の下宿のバス停で今谷も一緒に降りる。

「それじゃあ、また東京で」

「院田、俺は本当に見込みないの？」

「じゃあ、聞くけど、私のどこが好きなの？」

「え？　まずは顔」

コケそうになった。そんなにストレートに言う奴があるだろうか。

「眼鏡が似合うクールな美人って周りにいなかったし。あ、もちろんそれだけじゃない。中身も面白いなって。年上なんだけど、そんな感じしなくて親しみやすかった」

素直なのはいいことだと思いながら、彼に期待を持たせてはいけないのもわかっている。ここではっきりさせておきたい。

「今谷と私、価値観は合わないと思うよ。それは一緒にいてわかる。面白いって感じたのは今までそばにいないキャラクターだったからじゃないかな」

「そうかもしれない。今までそばにいないキャラクターなのは間違いないし、もっと話をしていたいって思った。それじゃ駄目か？」

「興味関心だけじゃ長くは続かないでしょ。付き合うならもっと気の合う女の子の方がいいよ」

「じゃあ、あの婚約者と院田は気が合うの？　とてもそんな感じには見えなかったけれど」

私は言葉に詰まった。成輔を長く苦手だと思ってきたのは私だ。それでも、今は違う。

「気が合うかは難しいね。でも、彼とは付き合いが長くて、私は自然体でいられる。たぶん、彼もそう」

「それって恋なのかよ。本当にいいの？　親同士が決めた相手と結婚するなんて」

今谷が私の肩をつかんだ。場所は私の下宿近くの小路。人通りは少ない。

「ちょっと今谷、離して」

今谷が乱暴なことをするはずはないとわかっていても、彼が焦れているのも感じ取れた。

「嫌だ。俺の方だって見てもらいたい」

壁に押し付けられるようにして、今谷の顔が近づいてくる。

これはまずい。キスされてしまう。鞄から手を離し、両手で今谷の胸を押し返そうとしたときだ。

今谷の身体が離れた。私から引きはがされたのだとわかったのは、視界に今谷の肩をつかんでいる成輔がいたからだ。ぎょっとした。成輔の瞳は静かな怒りで燃えている。

「成輔……」

「今谷さんでしたね。……これはどういうことですか？ 私の婚約者に」

底冷えのする声は、成輔が今までにないくらい怒っているのが伝わってきた。私は咄嗟に成輔の腕をつかんだ。

「成輔、大丈夫。何もされてないから」

「俺は好きな子にアプローチしていただけです。葵さんのことがずっと好きでした」

今谷は成輔の腕を振り払い、距離を取った。

「家同士の結びつきで婚約なんて前時代的じゃないですか？ 俺が彼女を好きになるのは普通だし、彼女が俺になびいてくれるのだってあり得ることです」

今谷の言葉に成輔にぴりっと緊張がはしるのがわかる。私は狼狽(ろうばい)し、強い語調で言った。

「変なこと言わないで。私は今谷とは付き合えないって言ってる」

その否定は、成輔に誤解されたくないという気持ちの発露だった。それは成輔が嫉妬すると面倒くさいという理由ではなくなっていた。かつての私だったらそうだっただろう。今は違う。

成輔以外の男性を好きだなんて、誤解されたくない。

「親同士とか、家の結びつきなんか関係なく、私はこの人が好き」

唇からこぼれた告白は、震えていた。成輔が目を見開くのがわかった。

「結婚するつもりだから……。ごめん、今谷の好意は……正直すごく困る！　やめてください！」

言ってから、これが百合の言っていた〝興味のない人間には塩対応〟なのだと気づいた。我ながら身も蓋もない振り方をしてしまった。

しんと静まり返る小路。私は気まずさからうつむき、今谷に言った。

「ひどい言い方してごめん」

「……いや、きっぱり振ってくれてよかった。俺、女の子に振られるの初めて。すごくいい経験になった」

それが強がりなのか今谷なりに茶化そうとしているのか私にはわからない。

今谷は成輔に向き合い、頭を下げた。

「すみませんでした。彼女にはっきり振られたので身を引きます。誓って、彼女には先ほど以上の接触はしていません」

「していたら、俺も笑顔じゃいられませんよ」

そう言って成輔は笑っている。目が笑っていないので怖い笑顔だが。

「葵は俺にとって、幼い頃から大事にしてきたお姫様のような存在です。あなたであれ、誰であれ、俺たちの間に入ることはできません。今後はよき同僚としてのお付き合いに留めてください」

成輔は私に歩みより、腰を抱く。その腕の力強さに、なんとも言えない恥ずかしさを覚えた。

今谷が去っていき、ようやく私は成輔の腕を外した。

「来るのは明日じゃなかったの？」

「待ちきれなくなっちゃってね。仕事を調整して午後の新幹線に乗っちゃった。ホテルは取れてるから安心して」

ほんの今さっき、今谷相手に言った成輔への言葉。それを、彼はどう思っているだろう。

説明しなければ、今度こそ私の言葉でごまかさずに。

「部屋、入って」

成輔の袖を引いて、目と鼻の先の下宿に誘った。

部屋のドアを閉め、ワンルームの室内に入る。成輔は初めて入る部屋だ。

「そこ座って」

床にクッションを敷いて勧めたけれど、成輔は立ったまま私を見つめている。

「それよりもさっきの話。彼に言ったこと、詳しく聞きたい」

成輔はわずかに視線をそらし、前髪をかき上げる。

「うぬぼれるよ。彼への断り文句でも、あんなこと言われたら」

「うぬぼれていいから！」

私はかぶせるように叫んでいた。

「成輔が好きだから……結婚する。それは本当」

「葵？」

「私……百合が成輔のことを好きだとか、誤解してて。それで、百合の方が成輔とお似合いだとか……パーティーで並んでるのも見て余計にそう思って……」

なんて説明が下手なんだろうと自分が嫌になるけれど、それでもここで飾った言葉に意味はない。

「ごめんね。ひどいことを言った。成輔が私を好きなのを知っていて、あんな……。私、傲慢だ。成輔に愛されたいのに、百合を選んでなんて試すようなことを言って……。本当は私を選んでほしいのに……」

腕がのびてきて、私の肩をつかむ。そのまま引き寄せられ、固く抱きしめられた。

「ごめん、成輔。やっと気づけた。……私、成輔が好き」

「葵、本当に？　俺、調子に乗るよ」

「いいよ。ずっとずっと成輔を待たせ続けたから、これからはいくらでも調子に乗ってよ」

「もう我慢しないよ。いいの？」

答える前にキスで唇をふさがれた。久しぶりのキス。成輔の香り。

もっと欲しくて、ねだるように名前を呼んで、私からキスを返してしまう。

「成輔、成輔……」

「煽んないで、止まらなくなる」

そんなことを言いながら、成輔は何度となく私にキスを繰り返す。服の上から肌をたどる指先にも、吐息にも熱が込められている。もつれるようにシングルベッドに倒れ込み、互いの身体をきつく抱きしめ合った。

「ふた月、葵のことばかり考えたよ」

「会いに来なかったのに」

「あんな強引なことをしてしまって、会いに来られなかったよ。きみを傷つけた」

傷つけたのは私の方だ。私は外した眼鏡をシーツに放り投げ、自ら成輔の頬に触れ、キスをした。

「成輔、好き。傷つけたのは私だよ。たくさん待たせてごめん。たくさん寂しい想いさせてごめん」

「きみを好きなだけで俺は幸せだったから、寂しくなんかなかったよ。このふた月はちょっと寂しかったけど」

「私も寂しかった。……ンッ」

首筋にキスをされ、身体が跳ねた。成輔がかすかに喉を鳴らすのが見える。

「明日、引っ越しだから……その、今日はしないよ」

「自分に言い聞かせてるでしょ。それ」

「うん、そう」

答えながら、唇は私の鎖骨に押し付けてくる。あべこべだ。

「成輔……私、初めてだから……本当に今日は……」

「うん。最後まではしない」

「じゃあ、どこまでするのよ」

言い返す私をキスでふさいで、成輔は蠱惑的に微笑んだ。

「内緒。体験してみてのお楽しみ」

8　京都のふたり

　荷物はたいした量ではなかったので、ダンボールを三つほど引っ越し業者のトラックに運び入れて、それでおしまいとなってしまった。それなのに、成輔は朝からこの部屋にやってきて、梱包など細々した手伝いをし、業者が行ってしまった後は部屋の掃除を手伝ってくれている。

「清掃業者が入るんじゃないの？」

「それはそうだと思うけど、一応ね」

「うん、わかったよ」

　成輔の笑顔はさわやかでいつも通り。私だけがその顔を見てドキドキしている。

（そりゃ好きだと言ったけど）

　雑巾で床をごしごし拭きながら思う。

（いきなりあんなこと……）

　昨晩は、キスやハグだけじゃ済まなかった。恋人同士が身体を繋げる前にするであろう口には出せないようなことを色々されてしまった。

（恥ずかしくないのかな、成輔は）

ちらっと成輔を見ると、こちらを見ていた彼とばっちり目が合った。なんて間が悪い。

「どうしたの？」

「……なんでもない」

わざと不機嫌そうに答える私の心中なんか見抜いているに違いない。成輔は余裕のある声音で言う。

「片付けたらデートしようね。京都デート、なんだかんだで初めてじゃない？」

過去、成輔が会いに来ても、観光地を回ったりはしなかった。今日はこの後時間があるし、観光も考えていた。

ホテルにもふたりで宿泊予定。しかも、張り切ってツインルームだ。

ちゃんと成輔に気持ちを伝えるつもりで取ったツインルームだったけれど、まさかフライングで成輔が来るなんて思わなかった。さらには昨夜のうちに気持ちも伝えて……ああ、駄目だ、思い出すのはやめよう。

気持ちを伝え合うどころか、先に進むのにちょうどいい舞台を用意してしまった感じだ。でも、それはもう嫌じゃない。ただただ恥ずかしいだけ。考えると顔も身体もかーっと熱くなってくる。そして不思議なもので、覚えたての刺激のせいか、身体のあちこちがむずむず疼くような感覚がある。成輔が身体中にキスなんかするからだ。そこまで考えて私はぶんぶんとかぶりを振った。思い出さないようにしているのに。

「葵、顔色や表情がコロコロ変わって面白い」

誰のせいでよ！　とは言わず、私は粛々と残りの掃除を済ませるのだった。

ボストンバッグひとつを手にふた月住んだアパートを出て、近所に住む下宿の管理人さんに鍵を返しに行った。大学や企業と提携してロングステイ用のアパートを貸している人だ。

ランチは近所のラーメン。手を抜いたのではなく、この二ヶ月で開拓した美味しいお店なので、食べ納めがしたかったのだ。

「鶏白湯（とりぱいたん）ってあんまり食べないけど、こってりしていて美味しいね」

昨日はスーツ姿だった成輔は、今日はジーンズにシャツとジャケット。ラーメンをすすっていてもモデルか俳優のように綺麗だ。

「毎日食べてたの？」

「学生時代ならいざ知らず、今はそこまで栄養管理に無頓着じゃないよ」

「葵ならやりかねないと思って」

「ここは週一、あとは美味しいお弁当屋と定食屋と洋食屋とコンビニをルーティーン」

自炊をあまりしていないのがバレてしまう返事になってしまった。

「あ、でも朝ごはんは自分で作ってたよ。成輔と暮らし出してから、朝作ること多かったし」

「おにぎり？」

「そう。美味しいからいいでしょ」

「いいと思う」

成輔は楽しそうに笑っていた。離れていた二ヶ月の報告は、成輔を安心させるようだった。

京都観光は半日丸々使って回れるコースにした。成輔が連泊しているため、ボストンバッグなどは先にホテルに預け、身軽になってからスタート。

平安神宮に参拝し、銀閣寺へ。哲学の道を歩いて途中でお茶をする。十一月初旬、紅葉シーズンが始まったばかりで、どこも人がいっぱいだ。

南禅寺は私も初めて来た。成輔も同じようだ。

「これは佇まいだけで風格がすごいね」

「三門の楼上に登ろう。景色を見渡せるみたいだよ」

　下から見上げても大きくて迫力のあった門は、登ってみると紅葉の名所だった。まだ始まったばかりの紅葉だけど、思わずため息が漏れてしまうほど美しい。

「こんなに綺麗だとは思わなかった。近くにいると案外来ないもんだから。もっと早く知っていればよかったなあ」

「絶景かな絶景かな、って歌舞伎の石川五右衛門のセリフはここから桜を見たときのものだろ」

　知らなかった。そうなのか。

「つまりは桜の季節も綺麗ってこと？」

「雪の季節も人気らしいよ。寒そうだけど、また来よう」

「うん」

　並んで紅葉を見るなんて、デートらしいことをしているなあと不思議な気分だ。成輔とこんな時間を取ったことが今までなかった。

　南禅寺の紅葉だけじゃなくて、成輔ともっと早くこんなデートをすればよかった。成輔が楽しそうにしている姿を愛しいと思う。今まで冷たくしてしまった分、私は成輔にたくさんの愛を返していかなければならないだろうなと感じる。

　国宝建築に指定された方丈を回り、敷地内の一隅にある有名な水路閣にやってくる。明治時代に琵琶湖から京都へ水を引くために作られたらしい。赤レンガのアーチ状の設計はレトロで、不思議と南禅寺の景観にマッチしていた。

　秋の日暮れどき。紅葉がライトアップされる時間帯だ。写真目当てで来ていた観光客も多いのだろう。そこかしこでスマホやカメラを使って撮影が行われている。風情を感じるより、にぎやかでちょっとお祭りみたいだ。ぐるりと散歩をして、私と成輔はホテルに向かった。

「何これ！」

　驚いたのはホテルに到着してからだった。

「私、普通のツインルームを頼んだんだけど」

「スイートが空いてたから、変えておいたよ」

　悪びれずに言う成輔。私が用意した部屋は成輔によって、このホテルで一番いい部屋にランクアップされていたのだ。百合が泊まったときも、まあまあいい金額のホテルだと思っていたけれど、スイートルームっていくらするんだろう。

見渡した部屋の広いことといったら……。京都の夜景は一望できるし、一泊するだけなのに部屋は三部屋もあるし、別に和室もあるし、謎のバーカウンターはあるし、ソファは見たことないくらい大きい。

「結婚する身として！　無駄遣いは！」

言いかけた私の手を真向かいから成輔がぎゅっと握る。

「好きな子との初めての外泊で張り切ってしまったよ」

私、いつの間にこんなに成輔のことを好きになっていたのだろう。

「そんなに期待に満ちた目で俺を煽っちゃ駄目だよ」

「期待してない！　煽ってない！」

「先にごはんにしようね」

部屋のメインルームに食卓がしつらえられ、そこに次から次へと運び込まれてくるのはフランス料理のコース。

貝のマリネ、梨のジュレなどの前菜は目にも鮮やかで、卵とトリュフのスープは濃厚な香りがする。

メインは魚と肉がダブルで、ヒラメとサーロインをいただいた。

たくさん食べる私でも、結構お腹がいっぱいだと思っていたら、デザートには特製のパフェが出てきた。絶対通常メニューにはない。何しろ、ファミレスや喫茶店のチョコレートソースたっぷり生クリーム大盛といった趣のパフェなのだもの。ホテルのフレンチのデザートらしくない。

「特別に作ってもらったでしょ」

「葵、こういうのが好きかと思って」

「好きだけどね」

フレンチの後の生クリームたっぷりのパフェ。フルーツにブラウニーにチョコレートソース、中にはブドウをつかったソースも入っている。

なんだかちぐはぐで面白い。

「私のために色々考えてくれてありがとう」

素直に御礼の言葉が出てくる。苦しくなったお腹をさすりながら、最後はコーヒーをいただいた。

ディナーが終わるとあとはのんびりどうぞとでもいうように、室内はあっという間に片付けられてしまった。

「成輔もこんなことするんだね。女性相手に」

「失礼だな。葵にするのが初めてだよ。そりゃ、中学時代くらいは交際歴があるけど、中学生はこんなサプライズしないでしょ、彼女に」

成輔は唇を尖らせて言う。実は、その中学時代の恋愛遍歴はちょっと聞きたかったりする。

「中学生の頃は、どんな付き合いをしたの？」

「普通に放課後一緒に帰ったり」

「それを私が見かけたのか……」

成輔は困ったように微笑む。

「言い訳になるけど、子どもだったしね。葵のことは大好きだったけれど、まだ結婚なんて考える年齢じゃなかったし、葵も小学生だった。でもあのとき、俺を好きでいてくれた葵に先に応えていれば、これほど長い月日、片想いをせずに済んだのかなとは思ったよ」

「それじゃあ、成輔はいつ私が好きだって自覚したの？」

成輔はわずかに目を見開き、返答に困るように立ち上がる。窓辺に行ってしまうので、私はそれを追いかけた。

「教えてよ」

「うーん、恥ずかしいからあんまり言いたくないんだけど」

「前、ひと晩かけて語るって言ってたけど」

「あー……そうでした」

成輔は一瞬言い淀み、それからおずおずと口を開いた。

「俺が高校一年の頃だから、きみは小学五年生かな」

「うん」

「俺が小さい頃に家を出ていった母親から数年ぶりに連絡があったんだよ。再婚するって」

成輔のお母さんについては、両親や本人から少し聞いている程度だ。有名な大学教授の娘だそうだけれど、奔放な性格で、大企業凪尾グループの社長夫人という立場が嫌になったのか、成輔が小学校にあがる前に家を出てしまったそうだ。

「オーストラリアで伯母夫妻の世話になっているとは聞いていたけど、現地の男性と結婚するって言われて、俺はまあまあへコんじゃってさ。もう十六だったし、ろくに思い出もない母親だけど、俺はいつか日本に戻ってきてくれて、置いていったことを謝ってくれるもんだと勝手に思っていたんだ」

それは子どもとして当たり前の感情ではなかろうか。親からしたら違うかもしれないが、子どもにとって親は唯一無二。離れても自分を想っていてほしいし、愛していてほしい。自然な欲求だ。

「それでまあ、ちょっと家に戻らず年上の友達と遊びまわったりしていた時期があったわけ。親父とも険悪でさ」

「そんな時期があったの、知らなかったよ」

私も成輔を避け始めていた頃だから、詳しく事情を知らなかったのかもしれない。

「外聞が悪いから親父も言わないだろ。でも、ある日遊び歩くのも疲れちゃって、なんとなく院田家の前にやってきたんだ。うちの実家と近いし、家には帰りたくないけど他に行き場もなくて。曇った土曜の午後でさ。そうしたら、葵が縁側から垣根の向こうにいる俺を見つけて母屋から出てきたんだ」

その話を聞いて、なんとなく記憶の端にその光景があるような気がした。そう。温い風が吹く土曜の午後。家族は留守で、私は縁側で雨が降るかなと空を見上げていた。そうしたら、生垣の隙間に成輔が見えたのだ。

「『いらっしゃい。おにぎり食べていかない？　私、作って食べるところなんだけど』って、おにぎりの誘いをするもんだから、その場の勢いで頷いちゃったよ」

「私、おにぎりなんて言ったの？　その頃から食いしん坊キャラ？」

「あはは。葵なりに俺が元気なさそうなのに気づいたんじゃない？　炊飯器に残っていたお米を炊飯釜ごと出してきて、ラップと塩、山ほどいろんな具材をテーブルに並べて『さあ、作ろう』って」

ああ、そのときの記憶だったのか。私の中にはいつのことだかわからない思い出があった。成輔とうちのダイニングでおにぎりを作って山ほど食べる思い出。

私はいつだって今の興味に夢中で、些細な記憶はすぐに忘れてしまう。だから、この思い出も私の思い違いか妄想かと思っていた。実際にあったことだったのか。

「おにぎりを握って無心で食べる。なんだかひとりぼっちだった心に染みて、無性に泣けてきてさ。でもきみの前で泣けなくて、俺はむっつり黙っていたと思う。そうしたら葵が言ったんだよ。『またいつでもおにぎりを食べに来て。私が大人になっても、おばあちゃんになっても、成輔が食べたくなったら来なよ。一緒に作ろう』って。そんなすごいプロポーズある？」

私は思わず笑った。それが私のプロポーズ？

「待ってよ。プロポーズに聞こえちゃったの？」

「ああ、そうだよ。この子はすごいって思った。漠然と、いつかこの子と結婚するのかなとは思ってた。でもあの瞬間、この子じゃないと駄目だって思った」

成輔はそう言うと、私に向き直った。

「俺は完璧ぶってるけど、嫉妬深くて面倒くさい男だろ?」

「自己分析完璧じゃん」

成輔の手が私の頬を包む。

「きみの前なら、自然でいていいって思えた。悲しいときに、隣でおにぎりを作って食べてくれる人。ずっとずっと葵といたいって思った」

「こんな地味でずぼらで興味のないことは全部塩対応の理系眼鏡女子にそこまで惚れ込んでるの、成輔くらいだよ」

「葵も自己分析完璧だね。でも、きみは地味じゃないし、美しいよ」

そう言って、成輔は私に口づけた。優しい優しい口づけ。

「愛しているんだ。今夜、きみを俺のものにしてしまってもいい?」

「聞き方がキザすぎる……。そのつもりでいるから」

答えて、私からもキスを返した。慣れないキスは、きっとへたくそだ。

私の腰に回された成輔の指に力が入る。私はドキドキと鼓動を高鳴らせながら、そっと成輔の胸を押した。

「まって、シャワー浴びてきたい」

「うん。そうだね」

恥ずかしい。だけど、嬉しい。こんな気持ちは初めてだ。

普段よりお風呂に時間がかかっていたのは、これから先に起こることを先延ばししたかったわけじゃない。ただただ緊張でいたたまれなかった。あちこち余計に洗ってしまったし、ムダ毛の心配もした。髪は念入りに乾かし、触ってざらざらしないように、唯一持っているボディ用の乳液を全身に塗りたくった。

「湯あたりしてない？　顔真っ赤だよ」

バスローブ姿でベッドルームに入ると、成輔が私を見て笑う。湯あたりなのか、緊張なのかわからない。

「ほら、お水飲んで。俺も入ってくるから、少し休んでいて」

「寝ないようにするから！」

「寝ちゃっても大丈夫だよ。無理しないで」

そんなに優しくしないでほしい。成輔はどこまでも私に甘い。

眠ってしまうかもなんて心配は杞憂だった。そわそわドキドキして眠るどころじゃない。

バスローブのままベッドに転がり、まんじりともせず天井を眺める。眼鏡は外しているので視界はぼやけている。

　このくらいの方が緊張感が薄れるだろうか。いや、駄目だ。昨夜のことを思い出して、全身がむずむずしてしまう。

「葵」

　戻ってきた成輔。バスローブ姿は同じなのに、心臓が壊れそうにどかどかと鳴った。いよいよなのだ。

「成輔……私、昨日、変じゃなかった？」

「可愛かったよ。我慢するのが大変だった」

　ベッドに膝をつき、成輔が上半身を起こした私の額にキスをする。

「緊張する。間違ってたら言って」

「そういうことじゃないでしょ。間違いなんてないよ」

　唇が柔く重なり、すぐに深いキスに変わる。そのままシーツに優しく押し倒された。

「好きな人を気持ちよくしたい。好きな人と気持ちよくなりたい。だからするんだよ」

「さ、最初は痛いらしいから……手加減してもらえると！」

「うん、頑張るね」

　成輔は軽く頷いて、キスを続行する。唇、首筋、鎖骨。そこから下にも指や舌が這う。教え込まれたばかりの感覚に思わず小さな声が吐息とともに漏れた。すると、成輔は身体をわずかに起こし、ふーと長いため息をついた。

「せ、成輔？　変な声あげてごめん！」

「変じゃないよ。あのね、感じてる声ってすごく煽られるんだよ」

成輔は前髪をかき上げ、低くささやいた。

「余裕なくなりそう」

「え、……あっ！」

抱きすくめられ、キスの雨が降ってくる。そこから先は緊張とか恥ずかしいなんて言う暇はなかった。

ただひたすらに翻弄され、愛され、私は成輔と結ばれたのだった。


翌朝、広いベッドの上で目覚めた私は、まず跳ね起きた。

自分がどこにいるのか一瞬わからなかったからだ。次に跳ね起きた振動で身体がずきんと痛み、小さくうめく。痛い。あちこち痛いけれど、主に身体の中心部が痛い。

羽毛布団を胸に引き上げ、そろりと横を見ると、やはり昨晩のことは夢でもなんでもなかったのを実感する。うつ伏せで顔だけこちらに向けて眠る成輔の姿。

「可愛い……」

類まれなる美貌の男だけれど、無防備に眠り込んでいる姿は可愛らしい。いや、この感情はいとおしいと言うのだろう。

（好き勝手、めちゃくちゃに抱かれたけど）

手加減を願ったたし、成輔もそのつもりだったのだろうが、途中から完全に忘れていたに違いない。初体験の恋人をひと晩に何度も求めるなんて、どうなっているのだろう。

ハッとして布団の中を見ると、見える範囲すべてに鬱血痕がある。キスマークだ。

無我夢中でつけたのだろうけれど、あまりに量が多すぎて、痛々しいレベルである。ほぼ、怪我だ。

シャワーにでも行こうと、サイドボードの眼鏡に手をのばす。すると、ベッドのきしみのせいか、無意識なのか成輔が腕をのばしてきた。そのまま私の腰に腕を巻き付け、ずるずると布団に引っ張り込む。

「ちょっと！」

「ん……」

成輔はまだ覚醒していないようだ。寝ぼけたまま、私をぎゅうっと抱きしめる。

「成輔、苦しい。離して」

「葵……」

私の名を呼ぶ幸せそうな声。

力強い腕を少しだけ緩めさせたものの、私はそれ以上抗うのをやめた。まだ早朝という時間帯。シャワーは二時間くらい後でもいいだろう。

「仕方ないなあ」

私は成輔の裸の胸に顔を押し付け、再び目を閉じた。

夜はまだ明けない。静かな優しい朝の、幸福でたまらない二度寝だった。

ゆっくりと起き出し、ふたりでホテルの料亭で朝食にした。フレンチレストランの洋食か料亭の和食か選べるのだ。昨晩、フレンチはたっぷりいただいたので、白いごはんとお味噌汁が欲しかった。

庭園が望める座敷には、同じような利用客が何組か。旅行客が多いようだ。

日本庭園は玉砂利を敷き詰めた箱庭のような造りで、見事な枝ぶりの紅葉が見頃だった。

成輔と向かい合っていると、言葉が出ない。昨晩の余韻がふたりの間に満ちていて、ただただ静かに心が落ち着く。

「葵、チェックアウトも新幹線もゆっくりだから、食後もう少し休んだら？」

身体を気遣われているのだと恥ずかしくなる。確かにキスマークはつけられまくったし、身体の中心は重くてだるいけれど、寝込むほどじゃない。

「ありがと。でも、大丈夫。実家にお土産買わなきゃ」

「なるほどね」

成輔はふふっと笑う。その穏やかな笑顔は今まで見たことがないくらい静かで綺麗。満たされている人間はきっとこんな表情をするのだ。

私もそうだろうか。

でも、私はまだどこか夢みたいで、ふわふわする。

「葵、提案があるんだけど」

「何？」

箸を置いて、成輔の顔を見る。

「結婚と挙式を早めない？」

私が苗字を変えたくないからと先延ばししていた結婚。私は迷うことなく頷いた。

「うん、いいよ」

「いいの？　提案しておいてなんだけど、きみは苗字が変わるし、不便かなって思ってた」

「今なら、成輔の気持ちがわかる。別に同じ籍に入らなくても幸せだけど、家族になって、結婚式を挙げたいって気持ちが……やっとわかった。遅くなってごめん」

「葵には葵の考え方があると思ってたから。同じように考えていてくれて嬉しいよ」

その言葉に、成輔の愛情を感じた。ずっと彼は重ならない気持ちに寄り添ってくれていた。違いを認め、強制せず、近くにいてくれた。それが、成輔の隣にいて感じる居心地のよさで、私が恋を実感したきっかけだったのだ。

「帰ったら、色々決めよう。私、成輔と家族になりたい」

「うん、ありがとう。葵」

こうして私たちは京都を後にした。秋の深まりを感じながら。

9　近づいていく心

「おめでとう、お姉ちゃん」

百合は満面の笑みだった。京都から戻った翌日、私はお土産と結婚の報告で実家を訪れていた。月曜日だけれど、出向後ということもあり会社側が有休消化を推奨するので休んでいる。

　私が成輔との結婚の時期や挙式を早めたいと言うと、母は大喜びでお赤飯を炊くとささげともち米の買い出しに出かけていってしまった。

なお、仕事で外出中の父にはメッセージアプリで連絡を入れているので、母の喜びようがわかる。それだけ心配をかけていたのかな。

百合はふたりきりになった瞬間から話を聞きたくてうずうずしている様子だ。今日は午後からお稽古を担当するはずなので、準備があるんじゃないの？　大丈夫？

「やっと両想いってことでいいんだよね。結婚を早めるってことは」

「まあ、そうかな。百合が京都に来てくれたときから、私も色々考えたと言いますか」

正面切ってのろけるのも恥ずかしいので、言葉を濁して報告する。

「お姉ちゃんが自分の気持ちに素直になってくれて嬉しい」

百合から見たらすべてお見通しだったといったところだろうか。姉として恥ずかしいような……。

「挙式は春以降かな。早めにしようと言ったものの、規模を考えると大きな会場を押さえなきゃならないから」

「これから会場を決めるんだね。風尾グループの次期トップの結婚式だから華やかにやりそうね」

「うん、どうだろう。うちの事情もあるし、まあまあ派手な結婚式になりそう」

「お姉ちゃん、そういうの苦手でしょう」

「うん。でも、成輔の仕事に関係するなら頑張らなきゃね」

今までは自分が自分のペースで仕事をしていられればいいと思っていたけれど、成輔と夫婦になる覚悟がようやく決まって考える。成輔は大きな企業のトップになる人。今だって自分の会社を複数経営しているCEOだ。

妻の私があまり自覚のない行動をしては、成輔の評判に関わる。

そういったことを全然考えられなかった今までの私は、自分本位で子どもだったんだなと思う。

「お式、楽しみにしてる。ウエディングドレスは着るよね。お色直しはどうするの？カラードレス？　色打掛？　引き振袖？」

「百合の方が楽しみにしてるなあ。百合も振袖新調しちゃいな」

「私も続きたいから、訪問着に仕立て直しできるものにする」

百合がうふふと可愛らしく笑うので、姉はもやもやそわそわしてしまう。

「もしかして岩千先生と何やら進展が？」

「そりゃ、もう。進展があったのがお姉ちゃんたちばかりとは思わないでほしいなあ」

「ええ？　交際スタート？　ちょっと待って、まずお姉ちゃんに報告していただかないと」

過保護丸出しな私に、百合はくすくす笑って答えた。

「残念ながら、まだ交際は始まってません。ちょっと見栄張っちゃった」

ホッと胸を撫で下ろしてしまうのは百合のためにはよくないのだけれど、姉としては百合が誰かのものになるのが少々複雑でもあるのだ。我ながら勝手な話だ。

「再来週、仙台のイベントに呼ばれてるの。岩千先生、そちらが地元だから、一緒に行かないかって誘っちゃった。いい機会だから、ご一緒しますってお返事が」

百合は見るからに浮かれている。わくわくした様子が伝わってくる。

「仙台ってことはお泊り？」

「そうだけど、もちろんホテルのお部屋は別々だから。お姉ちゃんが心配しているようなことにはなりません」

私の心配が丸見えだったのも何やら恥ずかしい。だって、岩千先生は百合よりかなり年上だし、軽々しく百合をもてあそぶような人ではないとは思っているけれど、私もそこまで親しくないから判別がつかないのだ。

「私がイベントに参加している間にご実家に顔を出してくるって。年末年始は毎年岩水先生のお世話で帰れないからちょうどいいんですって」

「イベントも見ていてくれたらいいのにね」

「駄目。緊張して、手元が狂うし変なこと言っちゃう。それに岩千先生ばかりちらちら見ちゃうわ」

「熱愛報道になっちゃうかぁ」

雑誌に取り上げられたり、テレビの取材が入ったり。百合はその容姿と若さ、華道家という立場から、最近は少々有名人だ。確かにプライベートも気を付けないといけないだろう。

「でも、熱愛報道になったら、岩千先生も諦めて私と付き合ってくれるかしら。これが外堀を埋めるってやつ？」

百合があどけない顔で怖い発想を口にする。

「その考え方、成輔に近いよ。怖い怖い」

「あら、私と成輔さんって結構似たところがあるのよ。健気で一途で執念深いところ」

悪びれることなく言い、百合は付け足した。

「それにお姉ちゃんが大好きなところも似てる」

「そ、そうねえ～」

なんと答えたものか迷うけれど、単純に照れて妙な返しをしてしまった。

昼頃、成輔が私を迎えに来た。午前中は仕事があるので会社に行っていたけれど、彼も今日はまだ休暇中なのだ。

母は帰宅し、お赤飯に筑前煮ができ上がっている。父は不在だったが、あらためて結婚の報告をし、昼食にした。

「葵みたいな変わり者を好きでいてくれるんだから、本当に成輔さんはありがたい旦那様だわ」

母が相変わらず娘をけなす。本人悪気は一ミリもないのだが、母の価値観からすると私は変わり者なのだ。

成輔はいつも通り笑顔だったが、はっきりと答えた。

「葵ちゃんほど素敵な女性はいません。俺にとってはすべてです」

この言葉には私より、百合が「きゃ〜」と喜んでいた。

お土産に赤飯と筑前煮を持たされ、帰宅する。夜は成輔のお父さんに会いに行って食事なので、この赤飯と筑前煮は明日の朝食にしよう。

「成輔、いつもありがとう」

何をと言わずとも伝わっているようだ。成輔は私の頭を撫で答えた。

「きみが素敵なのは本当だからね」

私は少し背伸びして成輔の首に腕を巻き付けた。自分から抱き付くのはまだ恥ずかしいけれど、それよりも抱擁の安心感の方が勝る。

以前、そのうち自分から甘えてくれるようになるなんて成輔には言われていたけれど、本当になっちゃったなと不思議な気持ちだ。

結婚式を身内だけでやろうと言い出したのは成輔だった。

「でも、風尾グループにとっては、成輔の結婚は一大イベントじゃないの?」

「いやいや、そんなことないよ。挨拶をしたり、会食をしたりという人とは、俺も親父も日頃から会ってるからね」

成輔はなんとも簡単に答えるが、実際は私がそういった場が苦手なのを考慮してくれたに違いない。

「私、大勢の人を招いた式でも平気だよ」

「本音は？」

「そりゃ、あんまり楽しくないけど。会社の人もどのくらい招いたらいいかわからないし、父の関係者もどこまで招いたらいいか」

規模が大きくなればなるほどやることは増える。そして、愛想よく振舞おうとすればするほど、私の笑顔はひきつるだろう。

「それなら身内だけがいいよ。俺は葵と家族にとっていい思い出になる式がいい。ビジネスの会にしたいなら、理由をつけて盛大なパーティーでも開くよ」

「ありがと、成輔」

成輔も望んでくれるなら、私も身内だけの式がいい。家族の記憶に残る式にしたい。

会場は結局、見合い会場でもあったオリエンタルローズパレスホテルになった。

規模が小さくなった分、披露宴会場も縮小。結果、三月の頭に予約が取れ、家族と親族で集まって執り行うこととなった。婚姻届けの提出は新年と決めた。

式までの約三ヶ月半の間、やることはたくさんある。

十二月、東京に戻ってきてひと月が経った。こちらの仕事のペースに戻りながら結婚式の準備は着々と進めている。年明けの婚姻届け提出を前に職場にも結婚報告をした。

「おめでとう」

上司や先輩の反応は好意的だった。まだ入社一年目。嫌な目で見る人もいるのではと心配だったけれど、そんなこともなく安心した。

「結婚式の前後は休めるようにこちらもスケジューリングするから、遠慮なく言ってね」

「ありがとうございます」

「院田さんは京都でも評判が高かったんだよ。真面目で熱心だってね。長く勤めてほしいし、結婚や妊娠出産なんかの人生のイベントは会社としても力になるからさ。ママになっても働いている女性もたくさんいる。話を聞いてごらん」

理解のある振りではなく、実績として出産後も働いている女性社員がいるのは大きい。今度、本当に話を聞いてみよう。

「やっぱ結婚しちゃうのかあ」

そんなふうに話しかけてきたのは東京に戻ってきたばかりの今谷だ。会社への報告と同時に同期のメッセージアプリの同期グループでも報告したのだ。

「まあ、そういう運びになりました。最初から決まってたし」

「いや、絶対俺の存在がふたりの愛を盛り上げちゃったでしょ」

今谷は不満顔だ。盛り上げたというか、成輔の執着を煽ったというか。

「不本意だけど、おかげ様でと言っておくね。今谷、色々ありがとう」

「全然嬉しくない。でも、おめでとう。結婚しても仕事辞めないだろ」

「うん、好きで就いた研究職だから」

私は胸を張って答えた。私が私の道を行くのを、成輔は応援してくれる。喜んでくれる。

それなら私は思う通りに動いていい。それが彼の愛への敬意だ。

「年末は忙しいし、お互いにあまり無理はしないようにしよう」

そう言いながら、今日も夕食を作ってくれるのは成輔である。きっと私の何倍も忙しいだろうに、いつだって家庭優先にしてくれている。

「成輔こそ無理しないように。私との約束で、炊事や家事を頑張ってくれてるんだろうけど、別に居心地よくしてくれなくても成輔といるから」

「嬉しいなあ。でも、俺は好きな人に尽くしたいタイプなんだよね」

テーブルに並ぶのは、白身魚のソテー。ハーブが添えられている。私が好きだからポトフも今朝から仕込んでくれている。

「じゃあ、私も成輔に尽くせるようになればいいかな」

「葵は葵でいいの。でも、そんなふうに言ってくれるなら」

成輔はグラスをテーブルに置いて、自身の頬をちょいちょいと指さす。これはキスしてほしいという意味だろうか。

私は眉間にしわを寄せたまま、成輔にちょこちょこ歩み寄って頬にキスをした。嫌なのではない。恥ずかしいのだ。恋が叶ったばかりのラブラブな恋人同士である自覚はあるけれど、そもそも私の性格がイチャイチャラブラブに向いていない。すべてが常に恥ずかしいのだ。

「葵からアクションをもらえるとご褒美感がある。俺、幸せ」

「成輔のおねだりに応えただけだから」

「じゃあ、今度から葵の判断でやってもらおうかな」

そんなの余計難しい。

「してほしいときは言って。私はいつでもしたいと思ってる」

視線をさまよわせながらの私の答えは、成輔には想像以上に満足のいくものだったようだ。

「俺もいつもキスしてほしいと思ってるから困ったな」

一方で、私は食卓につきながら、ここ数日考えていたことを言うチャンスかもしれないと思っていた。

「あのね、これが成輔の言うところの自分からのアクションになるのかわからないけれど」

「何？」

成輔も食卓に着き、ふたり分のグラスに白ワインを注いでくれる。私の好きな甘い銘柄だ。魚ならもっと辛口の白が合うのだろうけれど、私が好きだからこの銘柄にしてくれている。

「何か言いづらいこと？」

言葉に詰まる私に成輔が優しく促す。

「……赤ちゃんについて」

成輔がわずかに目を見開いた。赤ちゃんについては要相談と最初から言ってきた。彼がどれほど育児に関わると言ってくれていても産むのは私で、どうしてもキャリアの中断にはなる。そして、成輔だって仕事のすべてを他人に任せて産休育休を取れるかはわからない。タイミングもあるだろう。

「私さ、まだ一年目だし、産休も育休も取りづらいなって思ってた。だけど、うちの会社、勤続年数が短いうちに赤ちゃんを産んで、それからずっと勤め続けている先輩が結構いるんだよね。その人の環境が整っていたっていうこともあるんだけど、会社側も理解がある風潮っていうか」

「それで、考えてくれたの?」

「成輔が協力してくれる私は、恵まれてると思うんだ。私のことだから、仕事に夢中になったらどんどん妊娠出産を後回しにしちゃいそうだし」

成輔がテーブルの向こうから手をのばし、私の手に重ねる。

「いいんだよ、それでも。跡継ぎがいらないとは言わないけど、一族経営を俺の代で終わらせたって、親父は怒らない。極論だけど、俺は葵と死ぬまで一緒にいられればいいんだ」

「私が、成輔の赤ちゃんを産みたいって思ったんだよ」

言ったそばから頬が熱くなる。自分でこんなことを言うとは思わなかった。

「自分でもキャラじゃないなと思ってる。でも、成輔が好きだと思ったら自然と赤ちゃんのことを考えてた」

見れば、成輔は私の手をぎゅっと握り、もう片方の手を額に当てている。

「すごく嬉しい」

「お、大袈裟だなあ。夫婦なんだし、普通だよ」

「それでも嬉しいよ。葵、好きだ。俺はそんなまっすぐなきみが大好きだ」

面と向かって言われて、私は顔どころか首や耳まで赤くなっている自信がある。成輔の真心のこもった言葉が胸に染みる。

照れ隠しに顔をそらし、私は言う。

「そ、それで、今のタイミングで、成輔はOKなの？　来年や再来年に大きなプロジェクトが入っているとか、育児に参加しづらい時期なら考えを改めるけど」

「俺はいつだってきみと子どもを優先するよ」

「だーめ！」

私は背けていた顔を成輔に戻す。

「さっきも言ったけど、私を優先しすぎないの。それはすごく嬉しいけど、成輔はC

EOっていう立場にいるんだよ。多くの社員の人生を背負ってる。そこを忘れちゃ駄目でしょうが」

「それは……忘れていないつもりだよ」

成輔が必死に言い募るので、私は唇をとがらせ答える。

「万能のスーパーマンになれなんて言ってないんだ。育児や家事、今まで通り一緒にやってほしいってだけ。お互いにどうしても駄目なときに、無理をしない。お互いを頼って、それでも駄目なときはうちの実家や、外部サービスにヘルプを頼もう。成輔も最初から、そう提案してくれてるでしょ。全部背負い込まないでよ」

私の考える平等はそれだ。心の有り様が一番大事。結果、成輔が仕事で育児に関われなくても関わろうと努力してくれたら、心の面では平等だ。私だって同じ。仕事で家のことや育児を成輔に任せてしまうことだってあるはず。

「一緒に頑張ってくれる?」

「ああ、もちろん。葵は本当にたくさんのことを考えてくれていたんだね」

「成輔ともっともっと楽しく暮らしたいからね」

成輔が握った手に、私は自分のもう片方の手も重ねる。成輔がさらに手を重ね、私たちは固く手を繋いだ。

ベッドの中、成輔の身体はいつも熱い。情熱的に私を抱いて、いつまでも離してくれないから余計にそう感じるのかもしれない。

もう今夜だけで数えきれないキスを交わしているけれど、成輔は飽きることなく私の唇を求める。身体を繋いでから、今までの分を取り戻すようにキスをくれる。

「成輔……」

後頭部に指を梳き入れ、もっとキスをねだる私に、成輔は深く甘いキスを与えてくれる。スイーツよりもデザートワインよりも甘い甘いキスにとろかされ、私はもう成輔のキスなしじゃ生きていけない。

「愛してるよ、葵」

「成輔、私も……」

抱き合って伝え合う熱に遠慮なく溺れてしまおう。

雪が降り出しそうな師走（しわす）の空とは真逆。熱く滾（たぎ）る夜は更けていった。

10　結婚式と幸せな授かりもの

桜には少し早い三月初旬、結婚式は予定通り身内だけで行われた。ホテル周辺はコブシの花が満開でミモザが咲き始めている。鳥の声が高く、空は真っ青。いい日だ。ホテルのエントランスには、父の大きな生け込みがある。この日のために、父がホテル側に頼んで生けさせてもらったそうだ。

会場の装花は白とピンクを基調に愛らしくまとめてもらい、私のブーケは薄いピンクのチューリップにした。長い黒髪は洋装にも和装にも合うようにまとめてもらった。目元もコンタクトだ。

ウエディングドレスはオフショルダーのエンパイアライン。シンプルなものがいいと思っていたのと、成輔の反応が一番よかったものにした。

「成輔、今日は頑張ろうね」

新婦控室で準備万端の私は、覗きに来ていた成輔に本日の意気込みを見せる。

「いい式にするよ」

成輔は肩を震わせて笑っている。

「綺麗だねって言いに来たんだけど、まさかそんなやる気満々のきみがいるとは」

確かに日頃、興味のあること以外は頑張らない私だけれど、今日は門出の日だ。親族だけの式だからこそ、みんなの記憶に残るいい結婚式にしたい。

「朝ごはん食べすぎて気持ち悪いって言っていたのはどうしたの？」

「あれは、みかんが美味しくて食べすぎただけ。もう治ったから、結婚式のごはんも美味しく食べられるよ」

「それはよかった。じゃあ、先に行くね。ヴァージンロードの先で待ってる」

「待ってて」

「転ばないでね」

「気を付ける！」

介添え人に付き添われ、チャペルの前の父と合流した。父は和装だ。普段から着物は多いが、黒紋付姿は初めて見た。

「お父さん、エスコートよろしくね」

「葵が結婚か。成輔くんにいつか葵と結婚したいと言われて十年くらいかな。ついにこの日が来てしまったなという感じだよ」

言葉の内容の割に口調はあっさりしているのが父らしい。私のドライな性格はおそらく父譲りだ。

「お見合いさせたくせに～」

「葵は自分でちゃんと納得しないと動かない子だからな。ああいう機会がないと成輔くんが可哀想だと思ったんだ」

父は言い、私の腕を取る。まあ、父のおかげで成輔と関係を見つめ直し、今があるのだけれど。

「お父さん、ありがとね。幸せになります」

「ああ、葵なら大丈夫。おまえの生ける花を見て、ずっと思ってた。葵には葵にしか見えない世界があるんだな、と。百合とは違う光があった。そういうおまえだから、どこに行っても大丈夫。信頼しているよ」

父の言葉に不覚にも涙が出そうになった。

私は自分の生け花に納得ができなかった。だけど師である父は、私のいい部分を光として見てくれていたのだ。父には届いていたのだ。

「もう、こんなときに言わないでよ」

涙をこらえるために、私は笑う。

木の扉が開く。荘厳な音楽と賛美歌のコーラス。ヴァージンロードの先に成輔が待っている。私は一歩一歩歩み寄る。こういうことで感動するタイプではないと思っていたけれど、結構じんとくるものだななんて思いながら。

挙式はつつがなく終わり、そのまま披露宴となった。といってもうちの両親と百合、母方の祖父母、叔父叔母が親戚。あとは院田流のお弟子さんの中でも、長年父を支えてくれている方がふたり。成輔の方は風尾社長と、そのご兄弟。風尾グループでも成輔や社長と関係が深い社員が代表でふたり。成輔の秘書の男性は遠慮すると丁寧なご挨拶とお花が届いた。そして、成輔のお母さんの名代としてオーストラリアから伯父さんと従兄の男性が参加している。

親族での食事会ではあるが、私は風尾家の人たちへの顔見せもあり、成輔は私の親戚への顔見せでもある。

「はじめまして、成輔の従兄の小沢康太（おざわこうた）です」

挨拶に来てくれた男性は初めて会う成輔の従兄。成輔の話では、別れたお母さんは風尾社長のご兄弟に嫌われているらしく今日のこの場には来ないと言い張ったそうだ。伯父と従兄は、オーストラリアにある風尾グループの関連企業に勤務しているらしい。仕事上の繋がりがあるふたりがお母さんの名代として日本にやってきてくれたそうだ。

母方の従兄の康太さんはあまり成輔とは似ていない。成輔がお父さんの風尾社長に似ているということもあるかもしれない。ただ人のよさそうな笑顔に私も笑顔を返した。

「葵です。今日は遠いところをありがとうございます」

「たまには風尾グループの本社に顔を出したいと思っていたので父も僕もちょうどよかったんですよ。オーストラリアで風尾グループの持っているアパレルブランドの制作部門を任されているんです。下請けみたいな感じでね」

その言い方に何か引っかかるものを感じた。自負とも自虐とも取れるというか。

「康太、今日はありがとう」

成輔が私の隣に戻ってきて、従兄に挨拶をする。

「やあ、成輔。おめでとう。ハネムーンは行かないと聞いたけど、オーストラリアに来てくれればいいのに。叔母さんもそのパートナーもきみに会いたがっているよ」

成輔は笑顔のままだが、私はなんとなく嫌な感触を覚えた。成輔がお母さんの再婚で傷ついた過去を知っているからだ。無神経に聞こえたのだ。

しかし、彼にはそんな意図はないかもしれない。

「きみが新妻を連れていったら、きっとすごく喜ぶと思うなぁ。叔母さん夫妻が経営しているカフェも色々大変そうだし、きみが盛り上げてあげればいいのにと思ってるんだよ」

いいや、やっぱりなんだか失礼な人だぞ。私の中で、成輔の従兄のイメージが傾き出した。

盛り上げてあげればというのは、援助や出資をさしているのだとしたら、余計に嫌な感じだ。

しかし、私のもやもやの一方で成輔は笑顔のままだ。

「残念だけど、ハネムーンは別な時期に彼女と相談して行先を決めるよ。俺はリゾート地にしようかと思っているんだけど、彼女は涼しくて静かな土地がいいと言うしね。ふたりでじっくり考えることにするよ」

ハネムーンという点にだけ言及し、あとはスルーだ。おそらく成輔はこの従兄がどういう人なのかよくわかっているのだろう。だから、距離の測り方が上手いのだ。

「式が終わって明日以降に仕事の話をしよう。伯父さんにも相談したいことがあるから、よろしく伝えてくれ」

やんわりと会話を終えてしまう成輔。そこに百合がやってきた。

「お姉ちゃん、成輔さん、一緒に写真を撮りましょう」

百合はまったく他意なくやってきたのだが、ナイスタイミングだった。

「あと少しでお色直しだから、お姉ちゃんのウエディングドレスで写真たくさん撮っておかなきゃ」

「百合の振袖姿も可愛いから、たくさん撮っておかなきゃ」

「あはは、ふたりとも本当にシスコンだなあ」

披露宴のスタッフに写真を撮ってもらっている間に康太さんは伯父さんのもとに戻っていった。ひとまずよかった。

まあ、成輔のことだから、厄介な親戚のひとりやふたりなんとも思っていないのだろうけれど。私がひとりでむかむかするのはよくない。

お色直しの時間だ。介添え人に付き添われ、私は会場を退室する。成輔も後から退室し、それぞれ和装に衣装チェンジの予定。

部屋を出て、新婦控室に行く間、なんだか胃がキリキリするのを感じていた。さっきの成輔の従兄の引っかかる態度にまだむかっ腹をたてているのだろうか。我ながら執念深すぎない？　いや、なんだか変だ。

突然胸から込み上げてくる感覚があり、グローブをしたまま口元を押さえた。

あれ？　披露宴で少ししか食べていないのに、なんで気持ちが悪いの？　食べすぎてはいないはず。

立ち止まりうつむいてしまう。介添え人が横で「新婦様？」と声をかけてくるけれど、声が出せない。

「葵？」

退室してきた成輔が、追いついてきて私の顔を覗き込む。

「どうした？　顔色が真っ青だ」

「は、……きそ」

私の精一杯の言葉に、即座に成輔は頷いた。

「ちょっと我慢して」

私を横抱きに抱き上げると、廊下の先の新婦控室まで揺れないように運んでくれる。

「タオルをお願いします」

介添え人に頼み、そのまま控室の洗面所に私を運ぶ。そのままごほごほとせき込んで吐く私の背中をさすってくれた。ウエディングドレスが汚れないように、タオルや手であちこちガードしてくれていたのは後から気づいた。

ひとしきり吐き終えると、少し楽になったが、まだぐらぐらと世界が揺れる感覚がする。

成輔と介添え人がウエディングドレスを脱がせてくれ、ドレス用のコルセットやガードルなども外した。一時的にバスローブ姿になった私は、ぐったりとソファに横になった。

「葵、大丈夫？」

「うん。そんなに食べてないのになあ。コルセットの締め付けも別に苦しくなかったんだけど」

コルセットやガードルを外しても、気持ち悪いのが完全になくなっていないのだ。

「朝も気持ち悪くなってたよ。きみはみかんを食べすぎただけだと言っていたけれど」

私と成輔は顔を見合わせた。

気持ち悪くなる理由……。私も成輔もおそらく同時に気づいた。それから、まさかという顔になり、でももしかしてという顔になる。その様子がシンクロしていて、お互い笑ってしまった。

「これは……式の後に調べた方がいいよね」

「ああ。その方がいい。俺、検査薬、買ってこようか？」

「式の最中でしょ」

笑い合う私たちの頭には〝妊娠〟の文字が浮かんでいた。ありうるかもしれない。

介添え人や着付けの係の人たちが心配する中、着物は少しゆとりを持って着付けてもらった。せっかくの色打掛を着たかったたし、参列してくれた人たちに心配をかけたくなかった。

成輔も紋付に着替え、そろって再登場。披露宴の後半は無事に終わったのだった。

「お姉ちゃん、大丈夫？」

すべてが終わった後、私と成輔はホテルにこのまま宿泊となる。振袖からワンピースに着替えた百合が、ホテルに居残り、私の代わりに妊娠検査薬を買ってきてくれた。

「買うのすごく緊張した」

そう言う百合はどこか誇らしげだ。百合はちょっとした有名人でもあるので、検査薬を買わせるのは気が引けたのだけれど、本人が力になりたいと言い張ったのだ。私は着物を脱いだら動けなくなっていたし、成輔も参列者の見送りなどがあったため、百合の申し出は助かった。

「ありがとう。調べてくる」

「一応、月経予定日の一週間後から調べられるってことだけど」

「うん。たぶん、問題ない」

説明書を読んでトイレで検査薬を使う。

「ええ?」

一分待つどころじゃない。あっという間に陽性反応が出た。妊娠しているという反応だ。いやいや、こういう試薬は時間いっぱい反応を待たないと。逸る気持ちを抑えて待つ。一分後、検査薬はやはり陽性のまま。

私は妊娠しているらしい。

トイレをよろよろと出てくると期待に満ちた目をしている百合がいる。拳を握って私の言葉を待っている。私は検査薬のスティックを見せた。

「妊娠、してるみたい」

「きゃー! やったー!」

百合が子どものようにその場でジャンプした。私はスティックを箱に戻し、慌てて百合をなだめる。

「まだ、確定じゃないよ! だから、あんまり喜びすぎちゃ駄目」

「わかってる! わかってるけど!」

そこにドアが開く音。成輔が見送りを終え、着替えて戻ってきたのだ。

私と百合の状況を見て、すでに何か察したらしい。私は言葉にする前に検査薬を見せた。

「……赤ちゃんができたかも」

「葵!」

成輔が駆け寄ってきて私を抱きすくめた。歓喜のあまり感情の抑えが利かなくなったといった様子だ。

「明日、病院に行くから。それまで喜びすぎちゃ駄目だよ」

「わかってる」

「もし妊娠してても、まだ初期なんだから何があるかわからないし」

「わかってる」

それでも嬉しいというのが抱擁で痛いほど伝わってくる。百合が大粒の涙を一生懸命ぬぐっていた。

その後も体調は回復せず、私はベッドから起き上がれないまま。百合は病院後連絡をしてほしいと念押しをして帰っていった。

成輔と夜はディナーの予定だったが、起き上がれずキャンセルすることに。成輔はルームサービスで食事を済ませながら、ずっと私の隣にいてくれている。

「結婚式だったのに」

せっかくの結婚式、後半は吐き気と眩暈（めまい）を耐えるのに必死でよく覚えていない。

「披露宴のごちそうや今夜のディナーの代わりに、体調が落ち着いたらまた美味しいものを食べに来よう」

「美味しいものは嬉しいんだけど、完璧な結婚式にしたかったんだ。私が後半ぐだぐだで。ウエディングドレスを汚さなかったのは幸いだったけど、成輔が来てくれなかったらどうなってたか」

「完璧な結婚式だったよ」

成輔がそう言い、ベッドに横たわる私の額にキスを落とした。

「俺たちのところに赤ちゃんが来てくれたかもしれない」

「まだわからないからね」

「でも俺は幸せだよ」

柔らかく微笑む成輔。その顔を見ているだけで私も幸福な気持ちになる。

まだ実感が湧かない。落ち着かない気持ちと体調不良に不安もある。でも成輔が喜んでくれるなら、怖くないと思える。

その晩、成輔はずっと隣で私に寄り添い、いたわってくれていた。

翌日、私は緊張の面持ちでマンション近くの産婦人科を訪れた。

一時間後、私は超音波写真を手に病院を出ることになる。そしてその場で成輔にメッセージを打った。

【妊娠九週目でした。赤ちゃん、今年の十月に生まれます】

超音波写真も撮影し、送る。

仕事中だろう。すぐに既読はつかないがそれでいい。

きっとそわそわしているはずだから、手が空けばメッセージを確認するだろう。

成輔がどんな顔をするか想像し、私はスキップでもしたい気持ちだった。吐き気がおさまっていない体調を考えるとてもそんなことはできないけれど。

「赤ちゃんがいるんだ」

お腹に触れ、自然と涙ぐんでいることに気づいた。

「成輔と私の赤ちゃん」

自分の声がものすごく優しく響いて、少し恥ずかしかった。

11　私がこの人のすべてになる

妊娠がわかってから成輔はいっそう頼れる夫となった。私につわりの症状があるせいだろう。家事は積極的に担当してくれ、私が食べられる数少ないものを常に探し用意してくれている。トマトなどが多少食べられるので、現在家には何種類ものトマトがある。

もともと尽くすタイプの成輔は、身重の私に何かするという行為に満たされるものもあるようだ。

「会社、有休使ったら？」

成輔はそう言うけれど、出産に備え、今できることはやっておきたい。

産休と育休のあとスムーズに職場復帰できるように。

「大丈夫。吐き気があるから、自然と無理はできないしね。仕事始めると熱中しやすいから、逆に吐き気で中断する方が健康的かもしれない」

「やめてほしいな」

成輔苦笑いしながら、私の腰をそっと抱く。

「きみもお腹の赤ちゃんも、俺が勝手に心配してるだけ。きっとふたりはたくましいんだろうけど」

「成輔が心配にならない範囲で仕事するわ。安心してよ」

私は彼の鎖骨のあたりに顔を押し付け、ふうと息をつく。安心する匂い。どんなに気分が悪くても、成輔がそばにいてくれると楽だ。本当は一日中そばにいてほしいなんて、口が裂けても言わないけど。……実行しそうだし。

「そうだ。明日の夜の会食もうちの実家にしたから。外はきついだろうし」

明日の夜は妊娠のお祝いに成輔のお父さん・風尾社長と食事会なのだ。妊娠のことは、風尾社長とうちの両親と百合しか知らない。

確かに外食は料理店の匂いだけで苦しいし、ずっと椅子に座っているのも苦しい。成輔の実家なら気楽だ。

「通いのハウスキーパーさんは料理がすごく上手だからさ。葵は無理して食べなくていいけど、口当たりのいいものをいくつか用意してもらうよ」

「気にしないでいいよ。またトマト食べてるから」

「トマトは用意をお願いしてる。妻が好きなんですって」

「ふふ、ありがたいなあ」

つわりで体調が安定しないと、不安な気持ちになりやすいけれど、私のペースで付き合って乗り越えていこう。隣には成輔がいてくれるんだから。

翌日の仕事の後、成輔とともに風尾家へ向かった。成輔の実家は、我が家からもさほど遠くない現代建築の豪邸だ。私と同居するまでは成輔と風尾社長がふたり暮らしをしていた。

料理や家事は成輔や通いのハウスキーパーさんが担当していたそうだ。

「葵ちゃん、ようこそ。つわりがあるんだってね。休めるようにソファや布団を用意してあるから、体調が悪かったら言うんだよ」

「お義父さん、ありがとうございます」

風尾社長……お義父さんはとても嬉しそうだ。初孫だものね。

リビングには大きなひとりがけ用のソファが用意され、足をのばせるようにオットマンもある。隣室の和室には横になれるように客用布団が敷かれてあるそうだ。

なんだかものすごく気を遣わせてしまっている。そして、成輔の細々と気の付くところはお義父さん譲りなのだなと感じた。

「親父、一応言うけど、安定期に入るまでは周囲には言っちゃ駄目だからね」

「わかってるよ！」

「男の子か女の子かわからないうちにベビー用品を買うのも駄目」

「それもわかってる。でも、いつ頃にわかるかなあ」

成輔とお義父さんの会話がとても可愛いので私は笑いを噛み殺し、変なにやにや顔になってしまう。ふたりがどれほど赤ちゃんを楽しみにしているか伝わってくる。性別がわかったら、すぐに教えてあげないと。

お祝いの食事は三人でなごやかに進んだ。ハウスキーパーさんが作ってくれたマッシュポテトやトマトサラダはいくらか食べられたし、椅子に座っているのが苦しいときは遠慮なくソファを使わせてもらった。

しかし、一時間もすると強い疲労感で座っているのが苦しくなってきた。妊娠してから、とにかく疲労を感じやすい。もともとすごく食べる私が、あまり食事がとれていないのも理由かもしれない。

隣室の布団を借りて横にならせてもらった。帰りは成輔の車だけれど、もう少し眩暈がおさまってから車に乗らないと吐き気が増してしまいそうだった。

それに、久しぶりに成輔が実家に来て、お義父さんが嬉しそうなのだ。もう少しゆっくり喋ってほしい。

うとうとと浅い眠りに落ち、ハッとスマホを見ると三十分ほど経過している。リビングからは成輔とお義父さんの話し声。

すると、玄関のチャイムが鳴る音がした。

お客のようだ。しばらくすると、誰かがリビングに入ってきたのがわかった。

「康太くん、いらっしゃい」

お義父さんの声で、それが小沢康太、成輔の従兄だとわかった。あのちょっと感じの悪い人だ。

「明日には帰国なので、二週間ほど滞在するとは成輔から聞いていたけれど。

「きみのお父さんは、今日はうちの関係先と会食だろう。私が参加できなくてすまないね。ごらんのとおり、今日は家族優先の日なんだ」

お義父さんからしたら、別れた奥さんの甥っ子。それでも、結婚していた頃の縁なのか、彼も彼のお父さんも風尾グループにいる。そのあたりはナイーブな話題だろうから、私からは聞けない。

「父が残念がっていました。結局風尾社長と酒を酌み交わす機会がなかったと」

「成輔たちの結婚式で一緒に飲んださ」

「つれないなあ。成輔もなんとか言ってくれよ。僕も父も、異国で小さな仕事をコツコツとこなしているのに」

言葉には笑みが含まれているのにとげとげしい。やはり小沢康太というこの人が、成輔やお義父さん、風尾グループにわだかまりを持っているのは間違いなさそうだ。

成輔の穏やかな声が聞こえる。

「康太と伯父さんがオーストラリアで風尾グループの仕事に関わりたいって希望したから、俺と親父はそちらの会社をひとつ買収したんだけどね」

「元からその予定だっただろうに、うまく言うなあ。うちの父は、風尾グループのために転職したんだよ？」

不穏な空気になってきた。椅子を引く音が聞こえ、お義父さんが言った。

「きみのお父さんに渡したいものがあったんだった。少し待っていてくれ」

空気を変えるためなのか、本当に渡したいものがあるのか。お義父さんがリビングから出ていく音が聞こえ、廊下や階段を進む音が遠く響いていた。

「僕と父がオーストラリアに戻ると思って、ホッとしているだろ、成輔は」

「なんだか、被害妄想が激しいね」

小沢康太の言葉に成輔はいつもどおりの口調で答えている。

「叔母さんに伝言は？　きみにとっては大事なママだろう」

「まったく親子そろってケチくさいし、冷たい奴らだ。叔母さんはこの家を捨てて正解だね」

さすがに私が怒りで立ち上がりそうになった。いくら成輔の従兄だからって調子に乗りすぎだ。成輔のお母さんは奔放な性格ゆえに出奔したと聞いている。部外者同然の私が言うのもなんだけれど、成輔とお義父さんのせいみたいに言うのはおかしい。置いていかれた幼い成輔が心に負った傷さえも知らないくせに。

布団からがばっと上半身を起こしたところで、さらに声が聞こえた。

「そうそう、成輔。きみはなんであの地味な女性の方を妻にしたの？」

地味な女性。妻。それって私のことか。

そこだけはなんとも腑に落ちて、ぴたっと止まる。

「院田流っていう華道家の娘なんだろう。しかも跡を継がなかった方。跡を継いだ妹の方が華やかで美しいじゃないか。世界に羽ばたく風尾グループの次期トップの妻が日本を代表する美人華道家。すごいネームバリューになるのに、どうして地味でダサい方を選んだのかなあ」

「特にないかな」

嘲笑する声が響く。

自分のことを言われるのは別に気にしない。しかし、私には危機感があった。こういうときに怒り出すのは私のことを愛している人間だ。

「康太、お喋りがすぎるな」

低くドスの利いた声は滅多に聞けない成輔の怒声だった。

「地味でダサい。おまえには彼女がそうとしか見えないのか。やれやれ残念な男だ。容姿や肩書だけで相手を判断するおまえに、人の本質など見えやしない。そんな男に大きな仕事を任せられるか？」

「成輔、おまえ……！」

「親父は任せないな。俺の代になったら、そもそもおまえたち親子に椅子が用意されるかもわからないぞ」

成輔はとんでもなく怒っている。静かな口調なのに、ものすごく怖い。

そして、このままだと成輔は正論で相手を追い詰めるだろう。

「俺の妻、未来の風尾グループの社長夫人を馬鹿にした罪は重い。身の振り方を考えるべきだな」

「そんな……横暴が許されるわけ……」

「さあ、どうだろうな」

私はがばっと立ち上がった。そして締め切ってあったふすまをバンと開ける。

成輔が少しだけ眉をあげ、私を見た。小沢康太は一瞬私が誰かわからなかったようだ。眼鏡にメイクははげかけ、寝ていたせいで髪の毛はくしゃくしゃだものね。

しかし彼は、すぐに私が成輔の最愛の妻だと認識したようだ。口を開け狼狽えている。本人に悪口が聞こえて気まずいという感覚が、この男にもあるらしい。

「すいませんが、うちの成輔が怒ってるのでお引き取り願えますか?」

私は面倒くさそうないつもの口調で言った。実際、こんな男と関わるのはとても面倒くさい気持ちではあった。でも、成輔をこれ以上怒らせたくない。

「あのですね、そもそもあなたは何もかも失礼です。失礼な人間は相手にされませんよ。斜に構えて存在感を示すのは、中学生くらいでやめていただいて、大人なら真っ当に人と関わった方がいいです。成輔も義父も、あなたのうすっぺらい主張に付き合うほど暇はないので、はい、今日はこのへんで。どうかお引き取りください」

つらつら話す私の脳裏で、百合の言葉がよぎる。『お姉ちゃんは興味のない人間には塩対応』うーん、これは塩対応には当たらないはず。一応、言葉を尽くしてお引き取り願っているし。

すると、成輔が声をあげて笑い出した。それはいつもの朗らかな笑いで、どうやら私のセリフがツボに入っているらしかった。

「康太、うちの妻の言う通りだ。気を付けて帰国してくれ」

こうなると小沢康太はもう反論の余地もないようだった。むしろ怒りの極致にいた成輔が笑っている隙に帰ろうと思ったのかもしれない。お義父さんが戻ってくるのを待たずに、風尾邸を飛び出していった。

間もなくお義父さんがリビングに戻ってきた。遁走した小沢康太が私と成輔に何を言われたかはわかっていない。

「帰っちゃったか。私、彼ら親子苦手なんだよなぁ。別れた妻の縁者だから、あんまり冷たくもできないんだけど、性格が合わないんだよ」

のんきな口調でぶつぶつ言うお義父さんに、私も成輔も苦笑いだった。

帰り道、成輔の運転でマンションに向かう。少し眠ったおかげで体調は幾分楽だ。

「しかし、葵はいつもいい対応をしてくれるよ」

成輔はまだツボにはまっているようでくつくつ思い出し笑いをしている。

「興味ない人間に冷たすぎとは百合に言われる」

「俺、昔を思い出してちょっと興奮した。きみはいつも俺に冷たかったなあって」

「ええ……、冷たくされた思い出を喜んでる。ちょっと気持ち悪い」

そう言ってから、私はフロントガラスを見つめる。夜の街の光が流れていく。

「庇ってくれて嬉しかったよ。俺の奥さんを馬鹿にするなーって」

「庇ったんじゃない。当然のことを主張したまで」

「成輔が怒ったの、久しぶりに見た。いや、あそこまで怒ってるのは見たことないかな」

成輔は少し黙っていた。ややあって口を開く。

「正直、きみのためだけじゃなく自分のために康太に怒りをぶつけていた部分もある」

「あ、そうなの？」

「結婚式の後、母親と連絡を取ってね。ご祝儀をもらっていたし、御礼方々」

結婚式から二週間が経つが、それは知らなかった。つまり、成輔は言わなかったということだ。

「『ぜひ、お嫁さんと一緒にオーストラリアに遊びに来て』というようなことを言われたよ。それから、世間話風に現地の夫と経営しているカフェの苦境を聞かされた」

ハッとした。結婚式で小沢康太が言っていたことと重なる。先ほどもケチくさいなどと言っていたけれど。

「『あなたは会社を経営しているんでしょう。風尾グループとは関係なく息子として、私と彼の出資者にならない？』だってさ。我が母親ながら、なんとも浅はかで笑ってしまったよ」

そう言う成輔の横顔は寂しそうだった。

「俺は親父と違って冷たいからね。はっきり断った。残念そうにしていたけど、すぐに康太にチクったんだろう。まだ日本にいるならもう少しゴネてこいってさ」

「そんな……」

「母は偉い大学教授の娘で、甘やかされていたせいか経済感覚がないんだよ。経営者として、そんな相手に出資できない。たとえ実母でもね」

成輔はそう言って、また少し黙った。ぼそりと付け加えるみたいな声が聞こえた。

「こんなことでいまだにがっかりする自分に驚くよ」

私は拳をぎゅっと握った。私が悔しかった。成輔のお母さんだろうが、そんなの関係ない。成輔を傷つけた人間を今すぐ怒鳴り付けたかった。

だけど、私にそんなことはできない。成輔のお母さんはここにいないし、成輔は喜ばないだろうから。

代わりに私は成輔の横顔を見つめて言った。

「私じゃ、そのがっかり、埋められない？」

「……ちゃんと埋めてもらってる」

成輔の口角が上がり、空気も雪が解けるように緩んだ。

「俺の中のどうしても寂しい部分は、昔から葵が埋めてくれてる。俺にはこの子しかいないって思ってから、ずっと。今は俺の隣で笑っていてくれるし、お腹では俺の赤ちゃんを育ててくれている。だから、今回の母の件もがっかりしたのは本当に一瞬だったよ」

「それなら、よかった」

「次の瞬間にはきみのことを考えてた。すぐに葵で心がいっぱいになった。きみだけが俺を癒してくれる」

マンションが見えてきた。成輔はハンドルを切り、敷地内の駐車場に車を入れた。

「強くてマイペースで、独特な葵。きみは唯一無二の俺の女神なんだ」

「ま〜、愛の言葉のオンパレード」

「愛してるよ」

「私も……」

車を完全に停止させ、笑い合う。それからどちらともなく唇を重ねた。

この人が寂しい気持ちを感じる暇などもう与えない。
私がこの人のすべてになる。全部埋めて、私だけにしてしまおう。
私と生まれてくる子どもで、彼を幸せにしよう。
そう、私は心に誓った。

12　家族

夏がゆっくりと行きすぎ、秋がのろのろとやってきた。

九月半ばのこの日、私は大きくなったお腹で買い物を兼ねた散歩をしていた。

八月の後半から産休に入った。赤ちゃんは十月の初旬に生まれてくる。

最初はつわり以上の実感がなかった妊娠も、時間をかけて大きくなっていくお腹に否応なく母親になる日が近づいているのを感じる。

成輔は相変わらず、というよりいっそういい旦那様ぶりを発揮し、日常のありとあらゆることを不便なく暮らせるよう尽くしてくれている。それでいて、経営している企業はすべて業績好調。さらには正式に風尾グループ内で役職に就任するという話が出ている。

成輔は私とは根本的に脳の使い方が違う。彼はマルチタスク型だ。さらにひとつのことに夢中になる私よりはるかに優秀な頭脳を持っているときている。

普通に考えたら、ちょっと嫉妬してしまいそうだ。

産休も取ると意気込んでいる成輔だが、産まれてから育休を取る方向で切り替えてもらっている。何しろ、もういつ産まれてもいい時期とはいえ、私に出産の兆候はまったくなく体調は良好。お産をうながすために私も家事を頑張っているので、成輔まで家にいると、ふたりで家事を片付けてしまいあっという間にやることがなくなってしまうのだ。

「さて、お産まで健康的に過ごしますかね」

額の汗をぬぐい、エコバッグを担ぎ直して歩く。

家に帰り着くと、簡単な昼食をとり、作れる範囲で夕食の準備をした。最近は夕方になるとお腹が張りやすくて疲れてしまう。休み休みやると夕食の仕上がりもゆっくりになるので、計画的に進めている。以前よりマシになったとはいえ、いまだに手際よく料理できる方じゃない。

炊飯器をセットし、スープの具材を切り、肉に味付けだけしてソファに座った。お腹の中では赤ちゃんがぐるぐる動いている。出産が近づくと胎動が減ると聞くけれど、これだけ動いているならまだまだなのかもしれない。予定日まで二週間と少し。陣痛はいつになるだろう。

赤ちゃんは男の子だそうだ。百合と姉妹で育ったから、自分が男の子を育てられるかまったくの未知。だけど、成輔によく似た男の子だったらいいなと思う。

すこぶる顔がよくて、頭もよくて……想像すると楽しみだ。ちょっと危険なくらいの執着愛は似なくていいけれど。

午前の散歩が長かったせいか、窓から入ってくる風がちょうどよかったせいか、私は眠り込んでいたようだ。

「葵」

名前を呼ぶ声で目覚めた。すぐ目の前に成輔の顔がある。

「あれ、成輔……」

リビングには灯りがともり、外は薄闇。壁時計は十八時を指している。

三時間ほどソファで爆睡していたみたい。

「わ～、ごめん、寝ちゃってた。ごはんの準備できてないや。お米は炊けてると思うけど」

慌てて身体を起こし、成輔の表情が硬いことに気づいた。

「成輔……、何かあった？」

「葵……」

成輔は言い淀む。深刻なことがあったのかもしれない。私は少し焦って成輔の顔を覗き込む。

「何？　言って？」

「……って誰？」

「え？」

「シュウスケって誰？」

「ええ？」

私が聞き返すと、成輔は必死な様子で言い募る。

「きみが寝言で呼んでいた名前だよ。シュウスケってどこの誰？　俺の知ってる男？」

「寝言で言ってたの？」

「それはきみにとってどんな男？」

成輔の切羽詰まった様子に気圧されながら、私はお腹を撫でた。

「えっと、大事な存在。ここにいる……」

「え？」

「名前の候補のひとつ……」

「ええ⁉」

あべこべに成輔が叫んだ。

そう、シュウスケはお腹の赤ちゃんの名前候補だったのだ。

「ヒイラギって字で柊ね。ヒイラギって魔除けの木だし、花や木の風情が好きなんだ。私も花の名前だから、息子にも植物の字を入れたいなあって。で、成輔から一字もらって柊輔。あとは成柊も格好いいなって。まあ、一案ね。他にも色々……」

成輔が深いため息をつき、それから私を抱きしめてきた。

「びっくりした……。突然問い詰めてごめん。俺の勘違いだった」

「いや、嫁が突然知らない男の名を読んだらびっくりするでしょ。ごめんね。顔見て名前決めようって成輔と話してたから、勝手に考えてるのは言い出しづらくて」

成輔の次のため息は安堵の吐息だった。本当に驚いたようだ。

「心配しなくても大丈夫だよ。この子と成輔のことしか考えてないから。そんなに余裕のある頭じゃないんだわ」

「いつまでも嫉妬深くてごめん」

反省している成輔の背中をぽんぽんと叩いて、私は抱擁を解いて立ち上がる。

「さて、ごはんにしよう。スープとお肉。下準備はできてるから、成輔は着替えておいでよ。お風呂はシャワーでもいいじゃない」

「わかった。あ、洗濯物も取り込まないとね」

「わ〜、出しっぱなしだった」

まさか寝言で嫉妬させてしまうとは。フライパンを温めながら、お腹に話しかける。

「きみの名前、ちゃんとお父さんにも相談しないとね。誤解されると困っちゃうものね」

気恥ずかしくて、あまりお腹の赤ちゃんに話しかけたりできない方なのだけれど、なんだかこのエピソードは赤ちゃんと共有したくなってしまったのだ。


九月も後半にさしかかるとぐっと秋めいてきた。風に涼しさより冷たさを感じるようになった頃、母から電話があった。

「百合が熱？」

『そうなの。もう三日も下がらなくて。感染症の検査は陰性だったから大丈夫だと思うんだけど』

百合は幼い頃から身体が弱かった。虚弱で胃腸機能が低く、お腹が痛くなるせいか食事を嫌がりひどく痩せていた。それがまた免疫機能を下げるらしく、風邪をひきやすいし重症化しやすかった。

年を経るごとに少しずつ食事に抵抗がなくなり、小学校にあがる頃にはやせ型だけど私と同じものが食べられるようになった。それでも、学校で流行る感染症はすべてかかり、私より症状が重かった。

大人になった今も、頑健なタイプではない。

『食欲がないのを見ると、昔を思い出して心配でね』

幼い百合を思えば、母の心配はもっともだろう。私も心配だ。

「うつる感染症じゃないなら、お見舞いに行ってもいいよね」

『あなたも臨月だからあまり動き回ってほしくはないけれど』

「少し動いた方がいいんだよ。百合も私の顔を見たら、食欲が湧くかも」

そう言い張って私は実家にお見舞いに向かった。そう遠くない距離だ。駅前でゼリーを買っていく。

百合は自室の布団で目覚めていた。実際は熱でもうろうとしている様子だ。喘鳴音(ぜんめいおん)が聞こえ、幼い頃の寝込んでいた百合を思い出し不安になる。

「百合、苦しくて眠れないの？　解熱鎮痛剤は飲んだ？」

「……お姉ちゃん、お見舞いなんていいのに」

百合はかすれた声で答える。枕元に風邪薬が置かれ、とんぷくの解熱剤も飲んだ形跡があった。しかし、百合の熱はまだ高そうだ。実際、額と首筋に触れると燃えるように熱い。

「お薬効かないなら、別なものをもらってきた方がいいかな。これから、一緒に付き添おうか」

「大丈夫。寝ていれば治る。私、こういうの慣れてるから」

百合はどこかかたくなだ。体調が悪いからではなく、精神的に閉じている様子が感じられた。

「百合。何かあったの?」

私は百合の布団の横にひざまずき、彼女の顔を覗き込む。

「たいしたことはないの。岩千先生に振られたってくらいで」

「え?」

百合の片想いの相手……。でも、順調に距離を縮めているはずじゃなかったのだろうか。

つい最近も地方の美術館にふたりで出かけたと聞いていた。

「お師匠の岩水先生が私たちが頻繁に会っていることを知って、岩千先生に言ったの。『修行中の身で余所見できるほどの立場か』って」

「弟子だって、恋愛は自由でしょ」

「相手が私だったのもよくなかったみたい。『お世話になっている院田流の後継者に手を出すとは何事だ』ですって。ふふ、まだ手なんか出してもらってないのに」

百合は苦しげに笑ってごほごほと咳き込んだ。上半身を起こした方が楽だろうと、百合の身体を支えて起こす。

「でもね、結局決断したのは岩千先生なの。私を選んでくれなかった。岩水先生のお言いつけを選んだの」

百合は寒そうに身体を震わせている。悪寒がさているのかもしれない。私は手近の半纏をかけ、一生懸命妹の背中をさすった。

落ちくぼんだ瞳からぽろぽろ涙がこぼれる。

「百合、百合」

見ていられなくて私も涙がにじんできた。大きなお腹がつっかえるけれど、必死に百合を抱きしめる。

「お姉ちゃん、ごめんね。これから赤ちゃん産まなきゃいけないのに。私が寝込んでたら、手伝えない。早く治すから」

「いいの。そんなことといいの。今は何も考えずゆっくり休んで」

「何も考えないって難しいね。眠ってしまいたいのに、身体が苦しくて眠れないし。早く楽になりたいなあ」

それは身体の苦痛だけじゃない。心の苦痛もだろう。

私は百合を寝かせ、彼女がうとうととするまでずっとお腹のあたりをぽんぽんとさすっていた。子どもの頃そうしたように。

やがて、百合がひっかかるような寝息をたて始め、ようやく居間に戻る。

「熱、下がってないみたいよ。かなり苦しそう。食事どころじゃないよ、あれじゃ」

「解熱剤がきかないのよ。ずっと四十度近くあるから、私も心配で」

母は私にお茶を出してくれながら、ふうと息をつく。

「三日前、大雨の中ずぶぬれで帰ってきたのよ。傘を忘れたなんて言っていたけど、途中で買えばいいだけでしょう。何かあったのかしら。そういうことを何も話してくれないから」

おそらくその日に百合は失恋したのだ。

ふつふつと怒りが湧いてくるのを感じた。白合の片想いの相手に対してだ。

師匠に怒られて諦めてしまえる程度の感情しか百合に持っていなかったのか。それなら、下手に気を持たせ続けたここ数年は残酷すぎる。

百合が高熱を出しているのは、本人が失恋で自棄になった結果かもしれない。それでも、百合を追い込んだ岩千先生にはどうしてもひと言物申したい。

「お母さん、私また近いうちに来るわ」

すっくと立ち上がった私に母は「あなたは家でのんびりお産を待ってちょうだい」とこぼしていた。


「それで、葵はこれからその岩千先生のところに怒鳴り込みに行くの？」

夕方、リビングで準備万端の私を見て、帰宅してきた成輔は言った。

「怒鳴り込みというか、正当な文句。百合をもてあそんでくれたことに対して物申して、二度と百合に近づくなって通告してくる」

仕事上、関わることもあるのだ。多少なりとも自責の念があるなら、もう自分から百合には関わらないでほしいものだ。

「とりあえず、落ち着いて。ほら、座って麦茶飲もう」

「麦茶飲んでる場合じゃない」

しかし、成輔は私をぐいぐいと押してダイニングの椅子に座らせ、言葉通り冷蔵庫の麦茶を注いだグラスを置く。

「まずね、人の恋路に首を突っ込むものじゃないよ」

成輔の笑顔に私は「はあ？」と憤慨した返事をしてしまった。

「百合ちゃんもお相手も大人。本人同士で話し合ったことに、周囲があれこれするもんじゃないよ。まあ葵はかなりシスコン気味だから、怒るのは無理もないと思うけど」

「でも、相手の態度はあんまりだとは思わない？　師匠に言われて引くぐらいなら、最初から百合のことなんか大事に思ってなかったんだ」

　成輔はふふっと笑う。

「それは本人に聞かなきゃわからないね」

「聞いたって何もわからないよ」

「そうかな。その岩千先生、本気で百合ちゃんが大事だから身を引いたとは考えられない？　年上でまだ修行中の身。かたや百合ちゃんは今を時めく若手華道家」

　まさか、とは思った。しかし、確かに私が覚えている限りの岩千先生は穏やかで優しい人だった。百合から聞く彼の姿も、紳士的に大事に百合を扱っているように感じていた。

「だからね、俺も一緒に行くよ」

「成輔もついてくるの？」

「百合ちゃんには俺もお世話になってるし、義理の兄として放っておけない。案外おせっかいなんだよ」

そう言うと成輔は車のカードキーを手にした。

成輔の運転で、広尾にある岩水先生の工房にやってきた。岩水先生はすでに裏手の自宅に戻っていて、工房の片付けをしていたのは岩千先生だ。最後に私が会ったのは学生時代だったはず。

「こんばんは」

工房の戸口で声をかけると、作業台を拭いていた岩千先生は顔をあげ、いぶかしむように私を見た。それから「ああ」という顔になる。

「院田先生のお嬢様、葵さんですね。お久しぶりです」

「岩千先生、お久しぶりです」

「そちらの方は」

成輔が進み出て笑顔で挨拶をした。

「はじめまして。葵の夫の風尾です」

「ああ、あなたが風尾グループの……。初めまして。岩水はもう自宅に戻っておりまして、一応電話をしてみましょうか」

「いえ、岩水先生ではなく岩千先生にお話があってまいりました」

私の言葉に、岩千先生は何か感じるものがあったようだ。仲のよい姉妹が、自分のことをどう話し合っていたか察しているのだろう。

私は岩千先生に向かって言った。

「百合が体調を崩して臥せっています。かなり高熱です」

岩千先生の目にはっきりと動揺が浮かんだ。たたみかけるように言う。

「もし、まだ百合に気持ちがあるなら、お見舞いに行ってあげてくれませんか？」

「私と百合さんは……そういった関係では……」

「百合とはもう会わないということですか」

「……」

それが答えなのだろうか。私は唇を噛みしめ、黙った。すると成輔が横で言った。

「あなたがそうおっしゃるなら、俺は義兄として百合に相応しい男を用意するつもりです」

成輔はいつも他者に見せる好青年の笑顔を張り付けている。私が胡散くさいと思うあの笑顔よりもっとよく作り込まれた笑顔だ。

「百合は院田流の次期当主。あの容姿に素晴らしい才能。風尾グループにとっても彼女の存在は財産です。おおいに役に立つ」

絶対にそんなことを思っていないはずの成輔がすらすらと軽々しい言葉を吐く。挑発なのは明らかだ。

「彼女の価値をもっと高められる男をあてがいます。義妹の幸せは俺の幸せですから」

「……あなたはなんてことを……百合さんをなんだと……」

挑発は有効のようだ。この純朴な男性は、百合を商品のように扱う成輔に怒りを覚えている。

「あなたには関係ないでしょう。義妹の知人というだけ。むしろ、金輪際近づかないでいただきたい」

成輔が笑顔を冷たい無表情に変える。

「中途半端で覚悟も持てない男が、俺の家族を幸せになんてできるものか」

「私は……！」

岩千先生が言い返そうとしたときだ。私のスマホが音を立てて鳴り始めた。マナーモードにするのを忘れていた。

母の携帯の表示に嫌な予感がした。私は断らずに電話に出る。

「もしもし？」

『葵？　今、病院よ』

「百合に何かあった？」

『熱が下がらないから、夜間救急に連れていったの。肺炎を起こしていて、すぐに治療を始めないと危ないって』

私は顔をあげた。百合の名前が聞こえたせいか、固唾を呑んで岩千先生がこちらを見ていた。

「今から病院に行く！」

電話を切ると成輔がすぐに尋ねてくる。

「百合ちゃんの容態が悪いのか？」

頷く私に、岩千先生が震える声で叫んだ。

「私も連れていってください」

病院に到着すると、百合は点滴に繋がれ、深い眠りについていた。喘鳴は聞こえたけれど、日中のように眠れないほどの苦痛はないようだ。

岩千先生はうちの両親に頭を下げ、百合が目覚めたら話をさせてほしいと伝えた。

混乱する両親には、私からかいつまんで事情を話した。百合と交際に発展しかけていたこと、百合とこじれてしまったこと。そこからは百合と岩千先生の問題だと主張すると、両親も納得したようだ。

そもそも、両親は百合の結婚相手に厳しい注文はつけないはずだ。しかも、相手は仕事上いい関係を築いてきた岩水先生の一番弟子。父自身とも懇意であり、岩千先生の信頼は高い。

百合が目覚めるまで待つという岩千先生と両親。私も一緒にと思ったが、成輔に「葵は帰るよ」と諌められてしまった。

「ずっとお腹が張って、立ってるのも苦しいでしょ。椅子で朝まで待つのも無謀。今は自分と赤ちゃんを優先して」

「……はい」

その通りだ。ここまで付き合ってくれた成輔に感謝しつつ、私たち夫婦はマンションに帰り着いた。

翌朝、成輔が出勤する前に母から連絡があった。百合が目覚めたそうだ。熱はだいぶ下がり、会話もできているという。

『今、岩千先生とお話ししてるから、私とお父さんは一度帰るわ』

「うん、お母さんたちも今日は休んで。具合悪くなっちゃうよ」

電話を切り、成輔を見る。

「一件落着、になるといいなぁ」

「なるだろうね。彼、やっぱり百合ちゃんを本気で好きだったんだ」

コーヒーの最後のひと口を飲み終え、成輔が立ち上がる。

「ありがとう。百合のために、岩千先生をけしかけてくれて。成輔、名演技だったよ。悪徳政治家か裏稼業のボスみたいだった」

「うーん、褒められてる気がしない」

「胡散くさい笑顔は地でいけるもんね」

「やっぱり褒めてないなあ」

私は成輔の肩に頭をこつんとぶつけ、言った。

「本当にありがとう」

「百合ちゃんは俺にとって本物の妹同然だから、変な男だったらあの場で接近禁止にしようと思ってたんだよ。半分、本気だった」

「結局、私と同じことしようとしてるじゃない。本当に頼りになりすぎるなぁ」

顔をあげると、軽くキスされた。いたわるような優しいキスとまなざしがくすぐったい。

「きみも疲れてるんだからゆっくりして。百合ちゃんのお見舞いに行くなら、お腹が張ってないか確認して、タクシーを使っていくんだよ」

「はあい」

私はいい返事をして、愛する夫を見送った。


昼頃に病院に到着すると百合は起きていた。まだ点滴は外れていないし、出された昼食の重湯もろくに手はついていないけれど、顔色がだいぶ回復しているのがわかる。

「お姉ちゃん、ご心配おかけしました」

上半身を起こした姿勢でぺこりと頭を下げる。私は腕組みをして百合を見下ろす。

「もう二度と自棄を起こして雨に打たれるようなことはやめて」

「ごめんなさい……」

「百合に何かあったらと思ったら生きた心地がしなかった」

しゅんとしている百合の頭を撫で、パイプ椅子に座った。

「とにかく身体を治して。……岩千先生とは話せた？」

「うん。お姉ちゃんと成輔さんが連れてきてくれたんだってね。ありがとう」

「……それで？」

聞いていいものかと思ったけれど、はっきりさせておきたくもあった。百合はふふっと笑う。

「結婚を前提にお付き合いを申し込まれました」

「おお！」

「岩水先生を説得する、駄目なら破門されても私と一緒になりたいって言ってくれた」

おそらくまだまだふたりが越えなければならない山はある。だけど、大前提として
ふたりの気持ちが通じたのはよかったのではないだろうか。

「お姉ちゃんと成輔さんが発破をかけてくれたんでしょう」

「たいしたことしてないよ。本当は百合に何してくれとんじゃいって怒鳴り込もうか
と思ったんだけど成輔に止められた」

「成輔さんナイス判断」

その成輔は百合を他の男にやると岩千先生を揺さぶったのよ、とは言わない。

「ともかく、おめでとう。本当によかった。私は何があってもふたりを応援するから」

「お姉ちゃん、ありがとう」

百合の笑顔はまだやつれていたけれど、幸せそうに輝いていた。よかった、百合が
幸せならそれが一番いい。

百合に無理をさせたくないので、ほどなく病院を後にした。

自宅に帰り着き、ソファでひと息。なんだかホッとしたせいか、身体が重い。お腹も腰も重い。

……というか、腰が痛い気がする。

少しじっとしていればおさまるだろうか。

私はソファにもたれ、天井を仰ぎ、お腹をさする。お腹はきゅうっと硬い。腰の鈍痛が徐々に強くなっていくのを感じる。

もしかしてこれが陣痛の始まりなのだろうか。

しかし、重めの月経痛のような痛みはずっと続くばかり。お腹の張りもずっとあるので、周期的に張る感じはわからない。

トイレに行ってきたが、おしるしのようなものもない。出産間際はおしるしという出血があると両親学級でならったのだ。破水のような兆候もない。

「なんだろ、これ～」

スマホを取り出し調べると、感覚がバラバラな痛みは前駆陣痛というらしい。このまま陣痛に繋がる場合もあるし、そのまま陣痛がおさまることもあるそうだ。

落ち着こうとノンカフェインのお茶を淹れ、ソファに戻る。太ももとお腹にブランケットをかぶり、さすりながら痛みの様子を見る。

　痛みは何時間経っても変わらなかった。少し強くなったように感じても、次の瞬間には痛みが軽くなる。不安で動けない。

「産まれるまでしょっちゅうこれだとつらいなあ」

　成輔に連絡しようか悩んでいるうちにあっという間に日が暮れてしまった。

「ただいま。葵？　大丈夫？」

　成輔が帰ってくる頃には、ソファに座った姿勢がつらくなり、横になっていた。つまり多少痛みは強くなっているのだ。しかし、周期的な痛みなのかよくわからない。赤ちゃんはたまに動くけれど、胎動は減っている気がする。

「お腹と腰が痛い感じで。これが陣痛かわからないんだ」

「十分間隔で病院に連絡って資料に書いてあったよね」

　成輔がテーブルに放置された両親学級の資料冊子を手に取る。

「時間図っても、感覚がまちまちなんだ。極端に短かったり、長かったり。このまま痛みが治まることも多いんだって」

「そうか。でも、一応いつでも病院に行けるように仕度をしておくね。何か食べられそう？」

「冷蔵庫にあったスポーツドリンクなら飲みたいかも」

「OK」

ストローをさしてもらったスポーツドリンクをごくごくと飲む。喉も乾いていたみたいだ。しかし、お腹の張る感覚であまりたくさんは飲めなかった。

「おにぎり作ろうか？　葵、好きだろう」

「うーん、今は食べられないかも」

そうだ。昼間の鞄に母子手帳を入れっぱなしだった。入院バッグに移しておこう。

そう思ってソファから立ち上がったときだ。

温い感触が内ももにあった。水が流れる感覚だ。

「あれ？」

流れた水はどばっという量ではないが、少しずつ下着につけたナプキンに出ている感覚がある。よちよちとトイレに行き内ももに伝った水分を拭う。尿やおりものじゃない。何かの水が流れ続けている。

「破水かも……」

赤ちゃんの頭が下に降りてきてお産間際に破水する場合と、お産が進行しないうちに破水する場合があると資料にあった。そういった場合はちょろちょろと羊水が流れ出続ける。

ナプキンを厚手のものに変え、私はトイレから出る。成輔は心配そうにリビングから廊下を覗いている。

「成輔、破水かも。高位破水ってやつ」

「病院に行こう。俺につかまって」

成輔は入院バッグを背負い、私のことも軽々と抱きかかえた。妊娠で十キロは体重が増えているはずなのにものともしない。

車にバスタオルを敷いて乗り込む頃には、痛みが強くなっているのを感じた。

「お腹痛くなってきた」

「このままお産かもしれないね」

「あはは。もう少しで会えるのかあ、この子と」

痛みに耐えながらお腹をさする。怖いけれど、初めての経験の始まりに少しだけわくわくする。

「葵、俺にできることはなんでもするから。頑張ってほしい」

「隣にいてくれたらいいよ。痛いらしいから、私が取り乱してもそれをネタにしないでね」

「了解」

成輔の運転で車は産院へ向かう。

そこからの私のお産は明け方まで続いた。わくわくするなんて言っていられたのは、本当に最初だけで、赤ちゃんが出てくる頃は声も枯れ体力もつきかけぼろぼろだった。何度か痛すぎて記憶が飛んだ。

成輔はずっと隣で私に水分補給をしたり腰を押したりしてくれていた。

朝陽が差し込む頃、赤ちゃんの産声を聞いた。生まれたての真っ赤な赤ん坊。大きな泣き声を聞いて、成輔が私より先に涙をぬぐっていたのを覚えている。そこで私の記憶は途切れてしまった。

次に記憶が戻ったとき、私は一瞬自分がどこで何をしているのか完全に忘れていた。天井を見て、重くて痛い身体を感じ、ハッとした。お産は終わったはず。それともあれは夢？

「葵？　目覚めた？」

私を覗き込んでいるのは成輔だ。その向こうに両親の顔も見える。

「赤ちゃんは？」

大きく膨らんだお腹はしぼんでいる。赤ちゃんはどこにいるのだろう。

「今、新生児室で預かってもらってる。きみはお産の後、半日くらい眠っていたんだ」

「そうだったんだ」

「輸血するまでじゃなかったからよかったんだけど、貧血と疲労みたいだよ。意識がなくなったときは、分娩室が一瞬騒然としたけど」

それはさぞ心配をかけたことだろう。成輔がずっと私の手を握っていることに今更気づいた。きゅっと握り返す。

「成輔、お父さん、お母さん、心配かけてごめんね。おかげ様で赤ちゃん産めました」

後ろで母が涙を拭いている。父の表情も安堵で緩んでいた。

「お疲れ様。頑張ってくれてありがとう、葵」

間もなく看護師さんに抱かれて赤ちゃんがやってきた。やっとまともに顔が見られると思ったら、いきなり腕に抱っこさせられ思い切り動揺してしまった。

「わ、わ。私、初心者で！」

「大丈夫ですよ。すぐ慣れますから。赤ちゃん、今さっきミルクを飲んだばかりなので、次の授乳は一緒にチャレンジしましょうね」

看護師さんに言われ、頷きながらも、ふにゃふにゃの柔らかい命におどおど狼狽える。

　こんなに柔らかくて頼りないのに、よく頑張ってお腹から出てきてくれたなあ。私も痛かったけど、この子はもっと大変な思いをして産まれてきてくれたんだ。そう思うと自然と涙がにじんできた。

「お母さんだよ。きみの」

　大きな目が私をじっと見ている。私と同じ真っ黒い瞳。

「あっちがお父さん。おばあちゃんとおじいちゃんもいるよ。もうひとり、おじいちゃんもいるし、綺麗な叔母さんもいるんだ」

　私は小さな小さな息子に話しかける。

「あらためて、これからよろしくね」

　息子はいつまでも、透明感のある黒い眼で私を見つめている。小さな唇がもぞもぞと動く。いとおしくて胸が苦しくなった。

　ひとつの命を育み大人にするまでには、きっと多くのことがあるだろう。楽しいことも大変なこともあるだろう。それを乗り越えていくのが家族。苦労も喜びも、私たち自身の糧になるに違いない。

　成輔が私の隣で赤ちゃんを覗き込む。彼の日も潤んでいた。

「産まれてくれてありがとう」

優しい声で赤ちゃんにささやいて、成輔は私の肩を抱いた。私はにじんだ涙をぬぐうことなく、成輔の胸に頬を寄せた。愛に満たされた瞬間だった。

エピローグ

「成輔、シュウちゃんの着替え、バッグに入れた？」

洗面所から顔を出すと、すでに準備万端スーツ姿の成輔がこちらを振り向いた。

「緑のロンパースでしょう。入ってるよ。マグに麦茶、グズったとき用のおもちゃとおやつも」

「ありがとう。あ！　スタイの替え！」

「それも入ってる。着替えと一緒に」

さすが成輔。子どもの荷物も抜かりが一切ない。

「シュウちゃんは？」

「寝てるね」

一歳になったばかりの息子の柊輔は、長座布団ですやすや眠っている。私の仕度の間、成輔が遊んでくれていたのだけど、そのまま眠ってしまったようだ。

「今、爆睡だと怖いよ。大事なところで泣き喚きそう」

「そのときは、俺が外に連れ出すよ。きみは百合ちゃんの晴れ姿を見たいだろ」

「うん。ありがとう、助かる」

今日は百合の結納である。お相手は岩千先生こと千川雄二さん。現在は岩水先生のお弟子さんを続けながら、陶芸家として積極的に作品を発表している。

百合は院田流の後継者として活動の幅を広げているし、ふたりの婚約は界隈ではちょっと盛り上がるニュースだった。

そんなふたりの結納。この日を私もとても楽しみにしていた。

今日の私のいでたちは長い髪をアップにして、授乳服のシックなワンピース姿。着物だとさっと授乳ができないので、出産してから着物はまだ一度も着ていない。お宮参りも誕生日の記念撮影もこのワンピースで済ませてしまった。

一歳になったばかりの柊輔にもセパレートの外出着を着せたけれど、寝汗で早々に着替えることになったら困るなあと思う。

「柊輔にとっては初めてのイベント参加だね。大人ばかりの場に連れていくのって緊張する。私たち家族だけじゃないからさ」

「大丈夫。赤ちゃんは泣くものだし。あとは、俺がなるべく面倒見るから、きみは家族の記念日を楽しんで」

「成輔はいつも優しいなぁ」

私がほうっとため息をつくと、成輔は微笑んで答える。

「だって、きみとシュウちゃんに尽くすのが俺の幸せだからね」

柊輔が生後半年で、私は職場に復帰した。成輔は常に育児にも家事にも関わり続けてくれている。お互い仕事でどうしても動けないときは、家族の手も借りて育児をしている。保育園のお迎えが間に合わないときは百合が行ってくれ、先日柊輔が熱を出したとき、看病してくれたのはお義父さんだった。みんなで協力して柊輔を育てている。感謝の気持ちでいっぱいだし、柊輔を通じて家族の絆がいっそう強まったようにも感じる。

結婚、出産、家族が増えるというのはすごいことだ。

「百合たちも結婚かあ」

私は成輔の淹れてくれたお茶をすすりながら呟いた。

「私、成輔と結婚できて毎日幸せを噛みしめてるけどさ、考えてみると、最初から最後まで成輔の手の上で転がされてたんじゃないかとたまに思うわ」

「ええ？　人聞き悪くない？」

「だって初恋は奪われてるし、離れたと思ってもお見合いで捕獲されるし、気づいたら恋に叩き落とされてるし。成輔としては計画通りなんじゃない？」

成輔は苦笑いして言い返す。

「俺が健気にきみに片想いしてた十年以上の月日を忘れないでほしいなぁ」

「それは鈍感すぎて失礼しましたけど」

「俺はね、自分勝手な人間だから、自分がしたいようにきみを愛していただけ」

そっと歩み寄ってきた成輔が私の顔を覗き込み、防ぐ間もなく口づけてきた。

「口紅、ついたよ」

「はは、ごめん。塗り直しになっちゃったね」

成輔は口元を拭わずにもう一度私にキスをする。全然悪びれもしない言動は、昔からまったく変わっていない。

「きみは俺の純愛にほだされた優しい人。少々じゃじゃ馬で、どこまでもマイペースで強くて格好いい俺の女神。一途な愛が実って、最愛の我が子も授かって、俺は世界一幸せな男だよ」

「じゃじゃ馬ってさあ。まあ、変わり者同士、うまいこと結ばれたって感じかしらね」

「ごくごく普通の夫婦だよ。ちょっと俺の愛が重いってくらいで」

楽しそうに言って、成輔はタオルを肩にかけた。これは柊輔のよだれ防止だ。

「さて、そろそろ出発時刻だ。今起こすと泣きそうだね」

「でも、車に乗せたらまた寝ちゃうかも。期待しましょ」

「たくさん寝たら結納の間ニコニコしていられるかな」

「どうなるか予測つかないのよね」

成輔が名前を呼びながら抱き上げると、柊輔は身体を捩（よじ）りふにゃふにゃ泣き出した。

私はバッグを持って先に玄関へ。成輔の革靴を用意し、鍵を持って外に出る。

「さあ、行こうか」

「赤ん坊連れの初イベント、頑張るよ！」

「イベントといえば、葵とハネムーンも計画したいな。シュウちゃんを連れて家族旅行になるけど」

「シュウちゃんも一歳だし、考えてみようか。少し遠出できるかも」

柊輔の元気一杯の泣き声にかき消されそうになりながら、私たちは楽しい計画を話し合う。

車のチャイルドシートに乗せると、柊輔は怒って大暴れ。隣に座って私は苦笑いだ。

「まずは今日を乗り越えようね」

「あまり気負わなくていいよ、葵」

「成輔、頼りにしてます」

成輔の運転で車が発進する。空は高く、ぽかりぽかりとひつじ雲が浮いている。

柊輔はまだわんわん泣いていたけれど、あやしながら私の心は穏やかな幸福を感じていた。

近づいて離れて、恋と愛を重ねて、ようやく家族になった私たち。忙しくも楽しい日々は、まだ始まったばかりだ。

（了）

特別書き下ろし番外編

番外編① 念願の両想い（成輔視点）

秋が深まる都内、葵を連れて京都から帰ってきて一週間が経った。

俺は会社からの帰り道で、落ち葉を踏みながら歩いている。

二ヶ月ぶりの再会と彼女からの告白は、生涯で一番幸せな瞬間だった。あの葵が、俺を好きだと言ってくれたのだ。

俺のことを面倒くさそうに避け、告白してもまったくなびかなかった葵が……。お見合いからどうにか結婚のメリットを理解してもらい、同居にこぎ付けたものの、相変わらずの塩対応だった葵が……。

（俺のことを好きだと言ってくれた）

何度も噛みしめてしまう嬉しさだ。

京都でのデートも、念願の最初の夜も、幸せの連続すぎて今でも夢かと思うくらい。

しかし、俺を愛している葵が今も家で待っている。そう思うと、憂鬱な日曜日の会議も笑顔でこなせたし、その後の仕事も非常にはかどった。

なお、優秀な秘書と部下たちに支えられているので、俺の業務はさほど重くはないと思っているが、葵から言わせると働きすぎだそうだ。彼女も人のことは言えない気がするが、日曜に寂しい思いをさせているのは事実。早く帰って、葵を抱きしめなければ。

そんなふうに浮かれた俺がマンションに帰り着き、リビングに入って見た光景は

ちょっと面白いものだった。

床暖房の効いたフローリングに仰向けで転がっている葵。ズレた眼鏡が鼻に引っか

かっている。

近くにはたたみかけの洗濯物。床にはタブレット端末とメモ用紙、ペン。ブラン

ケットにクッション。

窓の外は夕焼けが近づきつつある時刻で昼寝には少々遅いかもしれないが、葵はす

やすやと心地よさそうに眠っている。

「これは……」

俺は想像する。おそらく、こうだ。

洗濯物をたたみ始めた葵は、床にクッションを敷こうと寝室に取りに行った。ブラ

ンケットもそのときに一緒に持ってきたのだろう。

さらに、寝室にあるタブレット端末で音楽でも聴こうと……いや、待てよ。メモに

は走り書きがいくつか。海外の研究者が、会員限定で出す講義動画をたまに聴講していたはずだ。おそらくそれを見ながら洗濯物をたたんでいて、夢中になって洗濯物が後回しになったに違いない。そして、講義の途中か別の動画を見ているときに、うとうとと眠りに落ちてしまったのだろう。眼鏡はかけたままなのが、寝落ちの証拠。

「たぶん合ってる。俺、葵の検定があったら一級が取れるね」

ひとり言を呟き、しげしげと葵の寝顔を見つめた。葵はとても美人だ。黒い髪、今は見えないけれど同じ色の瞳。整った中性的ともいえる顔立ち。すらりと長い手足も、スレンダーな肢体も美しい。

だけど本人はそんな恵まれた容姿にまったく興味がないようで、飾り立てることも、綺麗に見せようと苦心することもない。

自分が夢中になれることにずっと一生懸命。そんな彼女だから好きなのだ。

それに案外情が深くて、言い寄る俺のことも極端に拒否したり、遠ざけたりはしなかった。家族みたいに思っていれば無下にできない。そういうところも好きだ。

葵と恋人同士になれた。今度は本当に家族にもなれる。

(幸せだ)

多幸感で胸がじんとする。

しかし、幸せに浸るのもほどほどにしないといけない。眠る葵をどうしたらいいだろう。床暖房があるにしても、いつまでも床では腰や背中が痛くなるに違いない。

しかし、抱き上げたら起きてしまいそうだ。とても気持ちよさそうに眠っているので、起こしたくもない。

葵の横でしゃがみ込んで数瞬悩んでいたら、葵がもぞもぞと身じろぎをし、それからガバッと身体を起こした。漫画のような目覚め方だった。

「寝てた！」

「おはよう、葵」

声をかけると、びくっと身体を震わせてこちらを見る。

「うわ！　成輔、帰ってたの？」

「たった今ね」

「おかえり。あー、寝ちゃってたわ」

心底驚いた様子の葵。こんな顔もとても可愛い。

俺は葵の横に座り直し、彼女の隣に山になっている洗濯物をたたみ始める。

「私やるよ。やり始めたのは私だもん」

「ふたりでたためば早いよ」

葵は床に落ちていたヘアゴムで長い髪をまとめる。眠っているうちに取れてしまっていたようだ。

「気持ちよさそうだったから起こすのをためらったよ」

「床暖房があったかくて、ついね」

「でも、身体痛くない？　寝室に運ぼうか悩んだんだ」

「平気だよ」

それから俺たちはしばし洗濯物に集中する。まとめてあれこれ洗ったとはいえ、ふたり分の洗濯物はさほど多くもない。

しばらくして葵が、洗濯物をたたむ手を止めた。

「どうした？　葵」

「寝室と言えばさ」

そこまで言って、一瞬悩んだ顔をする。覗き込むと小さな声で尋ねられた。

「そろそろ一緒にする？」

寝室を一緒に。俺たちはそれぞれ寝室を持っているけれど、京都から帰って毎晩のように俺が葵の部屋に泊まっている。やっと結ばれた今、毎晩だって葵と寝たいのだ。

いずれは同じ部屋にとは思っていたが、それを葵からも言い出してくれるとは思わなかった。

「する！」

俺の返答と「やっぱり別々で！」と訂正した葵の声がかぶった。

しかし俺もここで引くわけにはいかない。

「葵からの提案嬉しいな。俺は一緒がいいよ。毎晩葵と眠りにつきたいし、朝ベッドの中でイチャイチャしたい」

「イチャイチャって……。待って。早まった気がする。もう少し考える」

両想いになり結婚を了承したとはいえ、葵は葵でほどよい距離を保ちたいのだろう。マイペースな彼女からしたら、プライベートスペースを確保できなくなるのは嫌なのかもしれない。

「寝室は俺の部屋に移して、仕事部屋としてきみの部屋は残せばいいんじゃないかな」

「それはありがたいけど。ベッドがひとつになるのは……」

「でも考えてみたら、すでに毎晩一緒だよ。寝室を一緒にしてしまった方が合理的じゃない？　シングルベッドで葵とぴったりくっついて眠るのも嬉しいけど、大きめのベッドに買い替えた方がのびのび眠れるよね」

「勝手に話を進めないでよ……」

自分で提案しておいて、葵はやはり恥ずかしいようだ。しかし葵から歩み寄ってくれるなら、俺も遠慮する理由がない。

「それにベッドが広い方が、色々気にしないでいいと思うよ」

「何を？」

俺は彼女の耳元に唇を寄せてささやいた。昨晩の行為中、夢中になりすぎてそろってベッドからずり落ちそうになった件についてだ。

葵は案の定真っ赤になり、ばしんと俺の肩を叩いてきた。恥ずかしくて言葉にできないようだ。

「ごめんごめん。でも、俺は葵と同じベッドがいいな。これは俺の意見だから、無理強いはしないけど」

葵はしばらく赤い頬で黙々と洗濯物をたたんでいたが、残り少ない洗濯物はあっという間に片付いてしまった。

これは保留かな、と自分の洗濯物を持って俺が立ち上がると、葵がようやく口を開いた。

「次のお休み、……大きなベッド買いに行こう」

こちらを見ずにぼそりと発せられたその誘い文句に、俺の方が照れてしまった。葵はなんて可愛いのだろう。愛情表現が不器用で、いちいち一生懸命でたまらない。

　こんな彼女をすべて俺が染め上げていいなんてどれほど贅沢なことだろう。

「葵……！」

　俺は片付けようとしていた洗濯物をダイニングテーブルに置き、まだ床に座り込んでいる葵を抱き寄せた。こちらを見ないようにしていた葵には不意打ちだったらしい。驚いた「ひゃ！」という声が聞こえた。

　抗議しようと振り向く彼女に、少しだけ強引にキスをした。

　可愛い葵はキスですぐにとろけてしまう。覚えたての感覚を思い出してしまうらしい。

「こら……成輔」

　一応聞こえてくる文句じみた声は柔らかいし、目はうるみ、頬はまた上気している。誘っているとしか思えない表情だ。

「葵、大好きだよ」

「流されないからね」

「葵は？　俺のこと、好き？」

「……好き」

彼女がこんな表情を俺に見せてくれるようになった。それなら、俺は俺の最大限で愛を返さなければ。再びキスをし、細い身体を抱き寄せる。

夕食を考えるのはもう少し先にして、今は葵をめちゃくちゃに可愛がろう。そう決めたのだった。

番外編②　うちの息子って……

晴れた冬の日、私はイレギュラーの休日出勤を終え、住み慣れたマンションに帰っていた。時刻は十三時、お昼ごはんがまだだ。家にあるものを何か食べよう。

今日、自宅には誰もいない。成輔は愛息子の柊輔をつれ、院田流の華道のイベントに出かけている。ホテル主催で取材も入る大きな会だそうだ。トークショーもあり、父と百合とお弟子さんで生け花の体験コーナーもするとか。

五歳になった柊輔は院田流の華道に興味があるらしく、去年くらいから父の元でお稽古を始めた。今日は成輔の引率でイベントにお供している。

「ただいまあ」

誰もいない室内に向かって、いつもの習慣で声をかける。そうするとリビングから「おかえり」と声が聞こえてきた。成輔の声だ。

「あれ？　どうしたの？　シュウちゃんは？」

リビングに入りながら、成輔に尋ねる。柊輔の姿はない。成輔はダイニングテーブルにつき、紅茶を飲んでいた。

「柊輔はイベント会場。『お父さんは先に帰っていいよ』だって」

「あら～」

「『貴重なお休みなんだから、家でゆっくりしたら？』なんて大人みたいなことを言うんだよ。岩千先生もいたし、みんなで送ってくれるって言うからお任せしてきたけどね」

成輔が寂しそうに口をとがらせるので、笑ってしまった。確かに柊輔はそういうところがある。五歳なのにすでにドライというかなんというか……。

おそらく、お父さんに付き添われなくても弟子のひとりとしてイベントに参加できるよ、という意味なのだろう。

「葵になら冷たくされるのも嫌いじゃないけど、息子に冷たくされると寂しいもんだなあ。塩対応なところ、そっくりだよ」

「そうかもしれないねえ」

柊輔の性格は私に似ているし、生まれたときは顔もそっくりだった。最近の容姿は、私にも成輔にも似てきたので、案外大人になる頃には成輔そっくりになっているのではなかろうか。

「でも、口が立つところは成輔似だと思うよ。そのうち、私、口喧嘩で負けるようになるんじゃないかな。言いくるめられちゃうんだよ」

「ああ、あり得るかもね」

私にも紅茶を用意してくれながら、成輔がおかしそうに笑った。

「柊輔は頭の回転が速いね。葵も学校の成績はとてもいいし理系の研究者だけど、柊輔はそういう種類の賢さとはちょっと違うかな。あの年でよく周囲を見て、上手に言葉を選ぶよ」

「英語教室の成績は年長さんと遜色ないって言われたよ。生け花も、百合が言うには感覚的なセンスがいいって」

成輔がうーんと唸った。

「頭の回転が速くて論理的。さらに芸術の感覚もある」

「うちの息子って……」

私がごくりと喉を鳴らすと、成輔が顔をあげ頷いた。

「天才かも」

「天才だ」

声がかぶって、私たちは顔を見合わせた。それから大きな声で笑った。

「私たち、親馬鹿すぎない？」

「そうだね。自覚はある。でもどうしても我が子ってよく見えちゃうんだよ」

可愛いひとり息子に期待しすぎてはいけないと思いつつ、彼がなんでもさらりとこなすところはわくわく見つめてしまうし、華道の才能もあるのかと思うといっそう嬉しい。

成輔が淹れたばかりの紅茶を置き、私は席についた。

「シュウちゃん、公立の小学校を予定しているじゃない？　成輔が望むなら私立小学校の受験に切り替えるよ。まだ一年くらいあるから、頑張れば対策できると思うけれど」

私と成輔は小学校から私立だった。柊輔は地元の公立校を検討していたけれど、もし成輔が期待をかけて名門校に入れたいならそれでもいい。

いずれは風尾グループを継ぐ可能性が高い。それなら、幼い頃から名門校で人脈を作った方がいいだろう。

「以前検討した私立校は、送り迎えは必須。平日に行事も多く、親の参加が必要な場面が多い。俺も葵も、対応しきれないからやめたんじゃないか」

「うん。でも、親の都合で子どもの学力や才能を伸ばすチャンスを見送るのもなあって」

もちろん、そうなれば私は今の勤務体制ではいられないだろうけれど。

成輔が首を横に振った。

「きみが仕事を辞めるようなことになるのはよくない。きみは仕事にやりがいを見出しているし、実際今はチームリーダーのポジションじゃないか。そう簡単に子どものために人生を譲ってほしくない」

「でも」

「それに公立校でも私立校でも、どう伸びるかは本人次第だよ。中学も高校も大学も、本人の希望を聞いて考えよう。俺たちが何もかもお膳立てしたって、きっとうまくいかないよ」

成輔はそう言ってからっと笑った。

「想像してみて。俺ときみの子だよ。どうせ、ひと癖もふた癖もあるに違いない」

「うーん、反論できない」

「あれこれ、気を回して先回りして頑張ると、肩透かしを食らってくたびれるんじゃないかな。俺たちは俺たちで自分のペースを崩さないように柊輔を見守ろう」

成輔は本当にできた人だと思う。

私は無駄を省き正しい道を選びたいと考えてしまうけれど、成輔は失敗や成功も含めてゆとりを持って他者に接することができる。器が大きい。

「これも言っておくけど、ふたり目の妊娠出産についても無理して考えなくていいからね」

そう言われて驚いてしまった。実はひそかに考えていたことだったからだ。

「でも、シュウちゃんしか跡取りがいないと、シュウちゃんが他の仕事に就きたいと言い出したときに困るかなって。風尾グループは大きな企業体だし、無責任なことにならないようにしたいから」

「風尾グループのために、きみがキャリアを中断することはない。今、仕事がいっそう面白くなってきているのは俺にも伝わってくるよ。きみの仕事をサポートしたいって、結婚前から言ってるじゃないか」

成輔は微笑んだ。

「それに親子三人も楽しいよ。ふたり目を急いで考えなくていい」

「ありがとう。勝手にプレッシャーを感じてた私がいけなかったね。誰も急かしてないのに」

成輔がテーブルの上の私の手を握る。優しくて大きな手だ。

「柊輔が風尾グループを継がなくてもいい。院田流の華道家になってもいい。何を目指してもいい。俺はきみとふたりで息子を見ていたいよ。それが幸せだから」

私は成輔の瞳をじっと見つめた。温かな気持ちが胸を満たしていた。

「成輔、大好き。本当にいつもありがとうね」

「改まって言われると照れるなあ。どうする？　ふたりきりだしベッドに行っちゃう？」

茶化してくる成輔を驚かせたくて、私は椅子から腰を浮かせた。身を乗り出してテーブル越しにキスをする。

「ベッドに行くのも吝かじゃないけど、ふたりきりならデートなどいかが？」

唇を離して尋ねると、成輔が目を細め首を傾げた。

「デート？」

「そう。手を繋いで近所をお散歩して、カフェでお茶を飲むのよ。私は昼ごはんを食べてないから、がっつりパスタかサンドイッチを食べるけど」

「あはは、お腹が空いているんだね」

成輔が明るく笑って、それから立ち上がった。

「手を繋いでデート、魅力的な誘いだね。ぜひ、そうしたいな」

「最近は間にシュウちゃんを挟んで手を繋いでるでしょ。たまには直に繋ごうじゃな私は休日出勤用のジャケットを脱いで、カットソーの上にブルゾンを羽織る。足元もスニーカーにしよう。

「帰りに夕飯の買い物でスーパーに寄りたいな」

「OK、エコバッグを持つよ」

コートを着た成輔がポケットにエコバッグを入れ、待ちきれないように手を差し出してきた。

「もう繋ぐの？　出発前だけど」

「駄目？」

「仕方ない成輔だなあ。靴を履くときと鍵を閉めるときは離してね」

私は笑って、差し出された手に自分の手を重ねた。

ぎゅっと握り合って、お互いを見る。成輔の手は温かいので手袋はいらないだろう。

（了）

あとがき

こんにちは、砂川雨路です。『熱情滾るCEOから一途に執愛されています～大嫌いな御曹司が極上旦那様になりました～』をお手にとっていただきありがとうございます。楽しんでいただけましたでしょうか。

マイペースで興味のないことには塩対応なヒロイン・葵は、華道の家に生まれながら、やりたいことを見つけ働いている女性です。そんな彼女にべた惚れで執着する完璧御曹司・成輔。朗らかで優しいけれど、絶対に逃げられない溺愛の包囲網で彼女に迫ります。一途な分重たい愛を一身に受ける葵がなかなか陥落しないのは、彼女のどこまでもマイペースな性格からでしょう。でこぼこだけど、しっくり合うふたりの恋物語は、執筆中もとても楽しかったです。

番外編は、休日出勤のある日をテーマに二作を書き下ろしました。成輔視点のお話は、彼がどれほど葵を愛しているかが伝わる内容となっております。葵視点の数年後のお話は、ふたりが築いた家庭の様子にほっこりしていただけるのではないかなと思います。ベリーズカフェで読んでくださった読者様も、あらためて楽しんでいただけたら嬉しいです。

最後になりましたが、本作を書籍化するにあたりお世話になった皆様に御礼申し上げます。

カバーイラストをご担当くださいました琴ふづき様、ありがとうございました。またお仕事をご一緒でき嬉しいです。葵の着物までリクエストをお受けいただき感動です。デザイナーの川内様、ありがとうございました。

いつも応援してくださる読者様、ありがとうございます。読者様の存在が私のモチベーションです。家庭の事情などでお休みを挟む時期もありますが、これからも細々と書いていきたいと思います。

それでは、次回作でお会いできますように。

砂川雨路

砂川雨路先生への
ファンレターのあて先

〒104-0031
東京都中央区京橋1-3-1
八重洲口大栄ビル7F
スターツ出版株式会社　書籍編集部　気付

砂川雨路先生

本書へのご意見をお聞かせください

お買い上げいただき、ありがとうございます。
今後の編集の参考にさせていただきますので、
アンケートにお答えいただければ幸いです。

下記URLまたはQRコードから
アンケートページへお入りください。
https://www.berrys-cafe.jp/static/etc/bb

熱情滾るCEOから一途に執愛されています
～大嫌いな御曹司が極上旦那様になりました～

2024年1月10日　初版第1刷発行

著　者　砂川雨路

発行人　菊地修一

デザイン　フォーマット　hive & co.,ltd.

校　正　株式会社文字工房燦光

発行所　スターツ出版株式会社
〒104-0031
東京都中央区京橋1-3-1　八重洲口大栄ビル7F
TEL　出版マーケティンググループ　03-6202-0386
（ご注文等に関するお問い合わせ）
URL　https://starts-pub.jp/

印刷所　大日本印刷株式会社

Printed in Japan

乱丁・落丁などの不良品はお取替えいたします。
上記出版マーケティンググループまでお問い合わせください。
定価はカバーに記載されています。

ISBN 978-4-8137-1526-9　C0193

ベリーズ文庫 2024年1月発売

『クールな御曹司の溺愛は初恋妻限定～愛が溢れたのは君のせい～』 滝井みらん・著

平凡OLの美雪は幼い頃に大企業の御曹司・蒼の婚約者となる。ひと目惚れした彼に近づけるよう花嫁修業を頑張ってきたが、蒼から提示されたのは1年間の契約結婚で…。決して愛されないはずだったのに、徐々に独占欲を垣間見せる蒼。「君は俺もの」——クールな彼の溺愛は溢れ出したら止まらない…!?

ISBN 978-4-8137-1524-5／定価770円（本体700円＋税10%）

『スパダリ職業男子～航空自衛官・公安警察官編～【ベリーズ文庫溺愛アンソロジー】』 惣領莉沙、高田ちさき・著

人気作家がお届けする、極上の職業男子たちに愛し守られる溺甘アンソロジー！　第1弾は「惣領莉沙×エリート航空自衛官からの極甘求婚」、「高田ちさき×敏腕捜査官との秘密の恋愛」の2作品を収録。個性豊かな職業男子たちが繰り広げる、溺愛たっぷりの甘々ストーリーは必見！

ISBN 978-4-8137-1525-2／定価770円（本体700円＋税10%）

『熱情滾るCEOから一途に執愛されています～大嫌いな御曹司が極上旦那様になりました～』 砂川雨路・著

華道家の娘である葵は父親の体裁のためしぶしぶお見合いにいくと、そこに現れたのは妹と結婚するはずの御曹司・成輔だった。昔から苦手意識のある彼と縁談に難色を示すが、とある理由で半年後の破談前提で交際することに。しかし「昔から君が好きだった」と独占欲を露わにした彼の溺愛猛攻が始まって…!?

ISBN 978-4-8137-1526-9／定価748円（本体680円＋税10%）

『怜悧な御曹司は秘めた激情で政略花嫁に愛を刻む』 冬野まゆ・著

社長令嬢の詩織は父の会社を救うため、御曹司の貴也と政略結婚目的でお見合いをこじつける。事情を知った貴也は偽装婚約を了承。やがて詩織は貴也に恋心を抱くが彼は子ども扱いするばかり。しかしひょんなことから同棲開始して詩織はドキドキしっぱなし！　そんなある日、寝ぼけた貴也に突然キスされて…。

ISBN 978-4-8137-1527-6／定価748円（本体680円＋税10%）

『冷徹エリート御曹司の独占欲に火がついて最愛妻になりました』 ねじまきねずみ・著

OLの茉白が大手取引先との商談に行くと、現れたのはなんと御曹司である遙斗だった。初めは冷徹な態度を取られるも、懸命に仕事に励むうちに彼が甘い独占欲を露わにしてきて…!?　戸惑う茉白だったが、一度火のついた遙斗の愛は止まらない。「俺はあきらめる気はない」彼のまっすぐな想いに茉白は抗えず…！

ISBN 978-4-8137-1528-3／定価759円（本体690円＋税10%）

ベリーズ文庫 2024年1月発売

『無口な彼が残業する理由　新装版』坂井志緒（さかいしお）・著

仕事一筋な理沙が残業をするとき、そこにはいつも会社一のイケメン、丸山が。クールで少し近づきにくいけれど、何かと理沙を助けてくれる。そんなある日の残業終わり、家まで送ってくれた彼に突然甘く迫られて…！「早く、俺のものにしたい」――溢れ出した彼の独占欲に、理沙は身も心も溶かされてゆき…。

ISBN 978-4-8137-1529-0／定価499円（本体454円＋税10%）

『罪悪の聖女、侍女に転生したけど即バレ!? 私を殺したはずの皇帝が溺愛してきます』友野紅子（とものこうこ）・著

聖女・アンジェリーナは、知らぬ間にその能力を戦争に利用されていた。敵国王族の生き残り・ディルハイドに殺されたはずが、前世の記憶を持ったまま伯爵家の侍女として生まれ変わる。妾の子だと虐げられる人生を送っていたら、皇帝となったディルハイドと再会。なぜか過保護に溺愛されることになり…!?

ISBN 978-4-8137-1530-6 定価759円（本体690円＋税10%）

ベリーズ文庫 2024年2月発売予定

Now Printing

『タイトル未定(ドクター×虐げられヒロイン)』 若菜モモ・著

幼い頃に両親を亡くした芹那は、かつての執刀医で海外で活躍する脳外科医・蒼羽とアメリカで運命の再会。急速に惹かれあうふたりは一夜を共にし、蒼羽の帰国後に結婚しようと誓う。芹那の帰国直後、妊娠が発覚するが…。あることをきっかけに身を隠した芹那を探し出した蒼羽の溺愛は蕩けるほど甘くて…。

ISBN 978-4-8137-1539-9／予価748円（本体680円＋税10%）

Now Printing

『スパダリ職業男子～消防士・ドクター編～』 伊月ジュイ、田沢みん・著

2ヶ月連続！　人気作家がお届けする、ハイスペ職業男子に愛し守られる溺甘アンソロジー！　第2弾は「伊月ジュイ×エリート消防士の極上愛」、「田沢みん×冷徹外科医との契約結婚」の2作品を収録。個性豊かな職業男子たちが繰り広げる、溺愛たっぷりの甘々ストーリーは必見！

ISBN 978-4-8137-1540-5／予価660円（本体600円＋税10%）

Now Printing

『両片想い夫婦』 きたみ まゆ・著

名家の令嬢である彩菜は、密かに片思いしていた大企業の御曹司・翔真と半年前に政略結婚した。しかし彼が抱いてくれるのは月に一度、子作りのためだけ。愛されない関係がつらくなり離婚を切り出すと…。「君以外、好きになるわけないだろ」――最高潮に昂ぶった彼の独占欲で、とろとろになるまで愛されて…!?

ISBN 978-4-8137-1541-2／予価660円（本体600円＋税10%）

Now Printing

『愛は信じないはずでしたが……孤独な令嬢はエリート警視正の深愛に囚われる』 一ノ瀬千景・著

大物政治家の隠し子・蛍はある組織に命を狙われていた。蛍の身の安全をより強固なものにするため、警視正の左京と偽装結婚することに！　孤独な過去から愛を信じないふたりだったが――「全部俺のものにしたい」愛のない関係のはずが左京の蕩けるほど甘い溺愛に蛍の冷えきった心もやがて溶かされて…。

ISBN 978-4-8137-1542-9／予価748円（本体680円＋税10%）

Now Printing

『契約婚!? 会って5分で極上CEOの抱き枕にされました』 橘樹 杏・著

リストラにあったひかりが仕事を求めて面接に行くと、そこには敏腕社長・壱弥の姿が。とある理由から契約結婚を提案してきた彼は冷徹で強引！　断るつもりが家族を養うことのできる条件を出され結婚を決意したひかり。愛なき夫婦のはずなのに、次第に独占欲露わにする彼に容赦なく溺愛を刻まれていき…!?

ISBN 978-4-8137-1543-6／予価748円（本体680円＋税10%）

タイトル、価格等は変更になることがございますのでご了承ください。